화성의
판다

화성의 판다

◆

김기창
장편소설

프시케의숲

"이야기는 마치 화살과 같다."

알래스카에 전해 내려오는 말 중

일러두기

1. 외래어 표기는 국립국어원의 표기법을 따랐다.
2. 책은 『 』로, 글과 시는 「 」로, 곡, 발레, 그림, 오페라는 〈 〉로 표기했다.
3. 인용 출처는 본문에 별도의 표시 없이 미주에 수록했다. 단, 일부의 경우 ◎로 기호 표시를 하여 인용문임을 분명히 나타냈다.
4. 화성인을 뜻하는 영어 Martian을 소설에서 약자 Mrn.으로 칭했다.
5. 이 소설에서 쓰이는 수화는 국제 수화가 아닌 한국 수화이다.

차례

보낸 사람: 그레이
2068년 8월 4일 오후 10:13

받는 사람   [내게 쓰기]
참조
숨은 참조

화성 1일 차

'공포의 7분'을 지나 화성에 착륙했다.

화성에 직접 발도 디뎠다.

줄을 늦게 서서 열세 번째로 발을 디뎠다.

새치기한 사람도 있었다.

중요한 일은 아니다.

나는 어제까지 지구인이었다.

중요한 일은 이것이다.

오늘부터 나는, 화성인 그레이^{Mrn. Gray}다.

보낸 사람: 그레이
2068년 8월 7일 오전 10:28

[RE]

받는 사람   UNMMO 아시아 사무소 소장

참조   UNMMO 항공우주국 기술국장

숨은 참조   마담 프레지던트

화성 4일 차

소장님께,

유엔화성이주기구[UNMMO] 본부로부터 이미 관련 보고를 받으셨겠지만, 40퍼센트 내외의 착륙 성공 확률과 착륙 과정 7분 동안 최고 시속 1만 9,000킬로미터의 속도, 1,300도에 달하는 마찰열을 견디며 무사히 안착할 수 있었던 이유에 대해 제가 할 수 있는 말은 한 가지뿐입니다.

운이 따랐다는 것.

운이 거의 전부였다는 것.

아니, 화성을 기약 없이 공전하던 지난 20여 일간을 떠올리면, '우연히 그렇게 됐다'는 표현이 더 정확할 것 같군요.

운과 우연이라……

지구 과학기술의 결정체인 보나[Bona] 3호에서 게일 크레이터를 바라보며(마치 화성 지표면을 지름 154킬로미터에 달하는 숟가락으로 푸딩처럼 퍼놓은 모양이에요) 운과 우연을 읊조릴 수밖에 없는 상황이 저 역시 무척 곤혹스럽습니다.

3차 선발대 최종 면접에서 재차 강조하고 경고하셨듯이 보나 3호의 착륙 기술은 앞선 선발대의 것과 같은 수준이었습니다. 결과만 놓고 보면(앞서 말씀드렸듯, 착륙 성공 확률은 40퍼센트 내외로 보고 있었죠), 1, 2차 선발대의 실패는 운과 우연의 부재였을 뿐인 것이죠. 과학은 '최선'일 순 있어도 '최고'는 아니라는 의미일까요?

젊은 시절, 아마추어 축구팀 골키퍼이기도 했던 저의 아버지는 택시를 운전하다 플라타너스와 충돌했습니다. 길가에 유일하게 솟아 있던 그 나무와 말입니다.

아버지는 척수 손상으로 인한 하반신 마비로 축구와 택시 운전을 그만둬야 했고, 더 이상 혼자 걸을 수 없게 됐습니다. 그리고 아시다시피 이 사고는 당시 초등학생이던 저의 삶에도 돌이킬 수 없는 영향을 끼쳤습니다.

인간의 삶을 설명하는 데 있어 운과 우연만큼 적합한 단어가 또 있을까요? 그것 외에 다른 것으로 증명하려는 시도는 인간의 오만에 불과한 것이 아닐까요?

이를 알고 있던 소설가들이 있었습니다. 파스칼 메르시어는 이렇게 말했습니다. 우리 인생의 진정한 감독은 자비로우면서도 잔인한 우연이라고. 줄리언 반스는 이렇게 썼죠. 삶에는 우리가 전혀 손쓸 수 없는 일이 있고, 그것을 우리는 운명이라 부른다고.

이성과 합리성, 재능과 노력은 태양처럼 밝게 빛납니다. 그러나 삶 전체에서는, 이 우주에서는 조그만 숲을 나는 반딧불의 불빛처럼 가녀립니다. 삶이란 어둠 속을 뒤척이며 나아가는 여정일 수밖에 없는 것이지요(잘난 체하길 좋아하는 사람들은 삶에 대한 이해 수준이 미천한 것이고, 자책을 일삼는 사람들은 그저 미련한 것이라 할 수 있습니다).

제 이름이 23만 대 1의 경쟁률을 뒤로하고 총 스무 명의 최종 탑승자 명단에 포함된 것 역시 운과 우연으로 설명할 수 있을 것입니다.

그럼에도 여전히 의아함은 남고, 지난 고민의 찌꺼기 역시 머릿속을 다시 공전합니다.

당신은 왜 화성으로 저를, 소설가인 저를 보내야 한다고 생각하셨던 것일까요?

그리고 나는 왜 지구로 돌아가지 않는다는 조건에 동의한 걸까요?

이제는 별의 일부가 되어 반짝이고 있는 스무 명의 앞선 선발 대원과 안타깝게도 3차 선발대와 화성 착륙 성공 순간을 함께하지 못한 아이보리Mrn. Ivory에게 이 편지를 빌려 마음 깊이 감사를 전합니다.

저는 당신들 덕분에 여기 화성에서 한층 가벼운 몸과 마음으로(화성의 중력은 지구의 약 38퍼센트밖에 되지 않죠) 존재하고 있습니다. 저를 포함한 열아홉 명의 3차 선발 대원들은 화성의 밤하늘을 볼 때마다 당신들을 생각하고 그리워할 것입니다.

고요하게 그리고 오래도록 밝게 빛나시길.

P.S. 지구인들은 제 작품을 철저하게 외면해왔습니다. 중요한 일은 아닙니다. 어둠 속에서 헤맬 때, 환한 빛이 우연이라는 이름으로 운명처럼 다가오는 게 삶이기도 하기 때문입니다. 그래도 지구인들에게 이 말은 꼭 전하고 싶습니다.

운과 우연이 지독히 따르지 않았군요. 제가 아니라 당신들이요. 바라건대 남은 시간 동안은 우주의 행운이 함께하시길.

받는 사람   어머니
참조
숨은 참조

화성 6일 차

어머니,

화성인들이 지구를 뭐라고 부르는지 아세요?

기억의 행성.◎

지구와 화성이 가장 근접했을 때의 거리는 약 5,500만 킬로미터예요. 그조차 아스라하죠. 지구에서 화성은 하얀 빛의 조그마한 점처럼 보일 거예요. 마찬가지로 화성에서 지구는 '창백한 푸른 빛'의 점처럼 보여요. 그러나.

지구에서의 기억은 손에 잡힐 듯 가까워요. 기억만이 그래요. 저 '창백한 푸른 빛'은 기억이 만든 게 분명해요. 기억이 깃들지 않은 존재의 가치와 운명을 생각해보세요. 기억만이 존재에 색을 입히고, 기억만이 시간을 거역하고, 기억만이 거리를 초월해요.

초등학교 2학년 때, 피서를 갔던 경포해수욕장에서 제가 모래성을 공들여 쌓는 모습을 보며 어머니는 환하게 웃으셨죠. 무언가 그렇게 열심히 하는 모습은 처음 본 것 같다면서(기억나세요? 그렇지 않아도 괜찮아요. 어머니는 저에 대한 또 다른 기억을 갖고 계실 테니까).

제가 쌓은 모래성은 이내 파도에 부서졌어요. 흔적도 없이 사라졌죠. 그러나 그날 어머니가 짓던 환한 웃음은 지금껏 제 곁을 떠난 적이 없어요. 보나 3호에 탑승하기 위해 집을 떠날 때 어머니가 짓던 눈빛도……. 어떤 기억은 영원히 부서지지 않는 모래성이에요.

저와 동료들이 화성에서 쌓으려 하는 것 역시 기억의 모래성이에요. 저희는 화성에 기억의 나무를 심고, 기억의 꽃을 피우고, 기억의 열매를 수확할 거예요. 화성 역시 또 다른 기억의 행성이 되길 바라면서요.

실패할 수도 있겠죠. 중요한 일은 아니에요. 실패가 삶이잖아요. 성공은 삶의 별책 부록이고. 있어도 이상하지 않고, 없어도 이상하지 않은 거죠. 이렇게 말할 수도 있겠네요. 로또에 당첨되지 않았다고 해서 삶이 끝장나는 건 아니라고.

결과가 어떻든 저한테는 어머니의 환한 웃음 같은 기억이 남을 거예요. 무언가에 열정을 쏟고 그리고 좌절한 어느 한 순간이 빛바랜 폴라로이드 사진처럼 마음 한구석에 아련하고 쓸쓸하게 쌓여가겠죠.

삶은 '시험'이 아니라 언제까지나 성공도, 실패도 과정에 불과한 '연습'이 아닌가 싶어요. 삶의 완성은 죽음 없이 불가능하니까. 그래서 이런 농담도 가능해요. 젊은 시절에 삶을 완성하려는 욕망은 수명을 단축시키는 짓이라고, 장수를 원한다면 제 삶의 미완성과 미흡함을 기꺼워하라고.

화성에도 바람이 불고 기억의 조각 같은 구름이 흘러 다녀요. 어머니는 제 눈앞에 있어요. 저 역시 어머니의 기억이 머무는 자리에 있을 거고요.

인간에 대한 가장 근사한 정의는 '산소로 기억을 만드는 존재'일 거예요. 우리 사이가 특별하고 소중한 것은 부모 자식 관계여서가 아니에요. 우리가 만들고 쌓은 기억 때문이에요(혈연관계는 많은 경우 천적끼리 가둬놓은 감옥이나 다름없어요).

P.S. 조만간 팀원들과 알팔파와 감자 등을 심을 장소를 탐색할 예정이에요. 씨앗을 고르던 중에 핑크Mrn. Pink가 그러더군요. 알팔파는 아랍어로 '가장 좋은 사료'라는 의미라고. 그 말을 들었을 때, 문득 키워보겠다고 집에 가져와서 얼려 죽이고 말려 죽인 과거의 식물들에게 진심 어린 사과를 해야겠다는 생각이 들더군요. 지구에선 어느 식물이라도 산과 들에 뿌리 박은 채 근심없이 잘 자랐을 터인데……. 그러나.

다시 시작하기엔 너무 멀리 와버렸어요. 화성의 평균 기온은 영하 63도예요. 지구는 기억의 행성인 동시에 기적의 행성이에요.

보낸 사람: 그레이

2068년 8월 11일 오후 4:27

[RE]

받는 사람   UNMMO 인구개발국 국장

참조   UNMMO 정신건강 자문의

숨은 참조   H

화성 8일 차

인구개발국 국장님께,

최초의 화성 출신 인류의 탄생은 여러모로 의미 있는 일이 되겠죠. 우리가 화성으로 온 중요한 이유이기도 하고요.

국장님은 우리의 임무가 인류의 멸종을 대비하는 것이기도 하다는 점을 매번 강조하셨죠. 3차 선발대를 '화성의 판다'라 놀리기도 하셨고요.

정말 우리 다음 세대 혹은 그다음 세대가 지구 인류의 마지막 세대가 될 수도 있을까요?

기후 열대화, 핵전쟁, AI, 인수공통전염병. 쓰고 보니 자멸이군요⋯⋯.

인류는 그 어떤 종족보다 저 자신을 혐오하는 것일까요? '나!, Me!, Je!, ワタシ!, 我!' 등을 외치던 그 많던 나르시스트들은 알고 보면 멈출 수 없던 자기혐오로 인해 정신이 나가버린 이들이었나요? 인류는 완벽한 소멸을 꿈꾸는 중일까요?

절멸한 지구의 인류라…….

친구들, 그동안 즐거웠어.

악당 놈들, 잘 가!

새로운 녀석들(당연히 새로운 종이 생기겠지요), 반가워?

화성에서 그런 상상을 하니 절망감이나 절박함보다는 외롭다는 생각이 먼저 드는군요. 광대하고 심원한 우주적 외로움이랄까요? 우주에 존재하는 단 열아홉 명의 인간. 제가 너무 이기적인 건가요?

아무쪼록 그런 상황이 벌어지지 않기만을 바랍니다. 안타깝지만 우리는 판다만큼 귀엽지 않으니까요.

별의 일부가 된 아이보리를(아이보리의 시신은 유언대로 우주로 방출했습니다) 제외하면 출산 임무를 지닌 선발 대원은 이제 열세 명이에요.

아이보리의 연인이었던 퍼플^{Mrn. Purple}은 '화성 출산 프로토콜'에 따라 출산 임무를 지닌 선발 대원 중에서 또 다른 짝을 찾아야 하는 상황이지만, 퍼플뿐만 아니라 다른 이들에게도 간단한 일은 아니겠죠.

개인적으론 이런 고민도 다시 슬그머니 고개를 내미는군요.

인류는 과연 보호할 가치가 있는 존재인가?

지구 입장에서 보면, 지구에 사는 모든 생명체는 이주민의 정체성을 가진 존재일 거예요. 폭발한 별의 먼지로 태어나 진화의 진화를 거듭한 존재들. 그러나.

인류는 홀로 원주민처럼 굴었죠. 심지어 자기들끼리도 원주민과 이주민을 나누어 차별했고요. 인류는 조화를 추구하는 우주의 섭리와 끈질기게 줄다리기한 유일한 종이었어요.

차별도 우주의 섭리였던 것일까요? 그래서 어쩔 수 없는 일이라면, 소멸은 어떨까요? 태양도 언젠가 소멸하듯이 인류의 소멸은 차별보다 더 거역할 수 없는 우주의 섭리가 아닐까요? 그리고.

지구 생명체의 소멸은 각양각색의 차별로부터 시작된 것이라고 한다면 지나친 과장일까요? 타인종·타국가·타민족·타종교에 대한 차별, 계급·계층·젠더 차별, 동·식물에 대한 차별…….

하나의 차별이 다른 차별을 낳고, 다른 차별이 또 다른 차별을 낳으며 솎아내고, 또 솎아내면서 지구 생명체를 소멸의 소용돌이 속으로 이끌었던 것은 아닐까요? 차별은 소멸을 전제한 단어라고 한다면 지나친 과장일까요?

그런데 사랑보다 국가가 더 중요하다고 말할 수 있나요? 우정보다 인종이, 평화보다 경전이 더 소중하고 특별하다고 말할 수 있을까요? 이게 어려운 문제인가요? 사실상 인류는 난해한 문제를 풀지 못해 위기에 직면한 것이 아니지 않나요?

3차 선발대 지원 과정에서 이런 생각을 드러내지 않으려 무척 애를 썼던 기억이 떠오르는군요. '인류는 사랑하고 보호해야 하는 존재', 라는 전제가 의심받았다면 화성 이주 계획은 존재하지 않았을 테니까(종 다양성 보존 차원으로 이해하는 게 더 합당할지도 모르겠어요).

저를 위선자라 비난할 수도 있겠죠. 중요한 일은 아니에요. 마음은 명사가 아닌 동사, 완료형이 아닌 진행형이니까. 흔들리고 무너지고 변하는 것이 마음이죠. 그게 살아 있는 마음의 작동 방식이에요. 그렇지 않은 건 이미 죽은 마음이고. 그리고.

위선은 마음이 선해야 한다는 강박이기도 해요. 이것이 우리의 위선이 우리의 민낯보다 아름다울 수 있는 이유죠.

그런 강박이 화성의 하늘에서 반짝이는 별을 바라볼 때 아기의 작은 눈동자를 떠올리게 만든 것인지도 모르겠어요. 비록 티끌보다 작을지라도 아기의 맑게 반짝이는 눈은 칠흑같이 어두운 우주에 빛을 더하고 있어요. 아득히 멀리 있는 별이 그러하듯이.

코냑을 몇 잔 마신 탓인지(미국 연방항공청은 비행사가 3,800미터 고도에서 보드카를 마셔도 임무 수행 능력엔 문제가 없다는 보고서를 내기도 했었죠) 어울리지 않는 소리를 늘어놓고 있군요. '참아줄 수 있는 위선의 가벼움'이랄까요? 이왕 뱉은 김에 마무리는 해야겠어요.

아기의 눈동자는 별이에요. 인간은 빛나는 별을 탄생시키는 존재고요(제법 시끄럽고 성가신 별이긴 하죠).

우리가 임무를 성공적으로 완수하여 화성의 역사가 이어진다면, 화성인들은 또 다른 행성으로 그 빛을 옮기려 할지도 모르겠어요.

P.S. 4개월 후 1차 보급품이 전달되기 전까지 모든 것이 순조로워야 할 텐데 걱정이 앞서는군요. 화성은 서로를 끌어당기는 힘이 지구보다 물리적으로 약하거든요.

심리적으로도 그래요. 유별나게 독립적인 자아를 가지지 않았다면 자기 삶을 둘러쌌던 모든 것과 작별한 채 지구에 영원히 돌아가지 않는다는 조건으로 화성으로 올 생각도 하지 않았겠죠. 우리는 화성에서 제각각이 하나의 문명으로서 역할해야 한다는 책임감과 기쁨을 동시에 느끼고 있어요.

보낸 사람: 그레이
2068년 8월 11일 오후 8:20

받는 사람   H
참조
숨은 참조

화성 8일 차

친애하는 H에게,

내가 출산 임무를 지닌 선발 대원이 아니란 걸 알지?

아이보리를 잃은 퍼플과 짝이 될 수 없는 존재라는 것도 이제 알게 되었을 거고.

내 주요 임무 중 하나는 출산 임무를 지닌 선발 대원을 지원하는 거야. 훌륭한 보모 역할. 자아실현과 종족 보존이 충돌하지 않게 만든 사회를 인격화한 존재.

그런데 어쩌지?

나도 모르게…….

내 마음을 멈추는 방법과 조언과 위로가 필요해.

나는 인류 절멸의 위기를 한층 더 심화시키는 쪽으로 끌려가고 있어.

사랑도 중력이었어. 더 늦기 전에 빠져나와야 해. 중요한 일은 아니길 바라야지.

[RE]

받는 사람 마담 프레지던트
참조
숨은 참조 퍼플, UNMMO 외계국 국장

화성 15일 차

마담 프레지던트,

태양계에서 가장 큰 계곡이라는 매리너 협곡 지하의 물을 퍼 올리는 작업에 착수한 것은 사실입니다.

선행 연구 결과처럼, 매리너 협곡 지하는 고대 생명체의 흔적이 남아 있던 지구 영구동토층과 매우 흡사한 성격을 띠고 있었습니다. 그리고 액체 상태의 물이 고여 있는 호수는 지하 750미터 내외인 것으로 확인되었고요.

일차 목표는 하루에 5미터씩, 우선 400미터까지 굴착하는 것입니다만, 외계 생명체에 대한 단서와 그 존재를 확인하는 데는 더 오랜 시간이 걸릴 겁니다.

예상하신 대로 화성의 지하수를 처음으로 끌어올리는 지점을 어떻게 부를 것인가에 대한 다양한 논의가 오갔습니다. 역사적 의미가 있다는 뜻이겠죠.

저는 대통령께서 하신 당부를 잊지 않고 신라 시조 박혁거세가 알의 상태로 나타났던 샘인 '나정Najeong, 蘿井'은 어떠냐는 의견을 개진했습니다만, 특별한 영감을 불러일으키진 못했습니다.

토의 결과, 우리는 그곳을 '생명의 도화선A Fuse of Life'이라 부르기로 했습니다. 중요한 일은 아닙니다. 화성의 지하수에서 외계 생명체를 발견할 수도 있을 겁니다. 저는 깜짝 놀랄 준비가 되어 있습니다만, 이 또한 제일 중요한 일은 아닙니다.

화성에 생명체가 존재한다면, 이들과 인류는 평화롭게 공존할 수 있을 것인가?

이것이 제일 중요한 일입니다.

보나 3호의 멸균 장치가 미처 제거하지 못한 지구의 미생물과 박테리아가 화성 생태계에 미칠 영향을 현재로서는 짐작조차 할 수 없습니다. 우리의 활동이 미칠 파급력 역시 마찬가지입니다. 그래서 천문학자이자 저술가인 칼 세이건은 화성에 생명체가 존재한다면 화성에 아무것도 하지 말아야 한다고 주장했었죠(칼 세이건은 그 말을 할 때, 인류에 의해 멸종한 지구 생명체의 목록을 떠올렸을 겁니다).

이런 불확실성 속에서 강행하는 테라포밍*은 신대륙 발

---

* 지구가 아닌 외계의 천체 환경을 인간이 살 수 있도록 변화시키는 작업.

건 시 벌어졌던 학살을 되풀이하는 일이 될 수도 있습니다. 디불이 우리가 멕시코 고원의 이즈텍 왕국을 멸절시킨 에르난 코르테스처럼 굴 생각이 없다 해도 저쪽이 우리에게 호의적이지 않은 상황도 고려해야 합니다. 만에 하나 저들이 우리를 숙주로 삼는다 해도 우리로서는 딱히 할 말이 없을 겁니다. 무단침입은 우리가 한 것이니까.

화성 생명체의 존재 유무 확인은 양쪽 모두에게 생명을 건 각오를 요구합니다. 주사위는 이제 던져졌어요. 그리고.

생명체 발견 여부와 상관없이 굴착 지점 부근에 식물 재배용 온실 컨테이너가 설치될 겁니다. 담수화한 화성의 얼음과 물로 지구의 작물이 자라나는 순간을 곧 목도하게 되겠죠. 그렇게 되면 우리의 존재 역시 식물의 뿌리처럼 화성의 땅속으로 한층 더 깊이 스며들 수 있을 겁니다.

가장 멀리 있지만 가장 가까운 친구가 되길 바랍니다.

지난번 메일에서 이렇게 말씀하셨죠. 뭐, 그럴 수도 있을 겁니다. 그러나.

제게 요구하신 것 중 특히 강조한 한 가지는 조금 더 생각해보겠습니다. 막상 화성에 도착해보니 그런 것이 다 무슨 소용인가 싶군요.

제가 괘씸하게 느껴지신다면 저를 지구로 귀환시켜 벌을 주시면 됩니다.

아, 대통령 임기가 2년 남았던가요? 최대한 서두르면 내년 말에는 지구에 도착할 수 있을지도 모르겠습니다.

– 가장 멀리 있지만
가장 가까운 친구가

[RE]

받는 사람   R
참조
숨은 참조

화성 23일 차

보고 싶은 R에게,

왜 화성으로 가느냐는 질문을 수없이 받았어. 망설이지 않고 답했어. 매번 다르게, 생각나는 대로. 모순되는 답변도 있었어. 그래서 당신도 여전히 께름칙해하는 거겠지.

변명을 하자면, 내가 답이 하나밖에 없는 듯 구는 걸 견디지 못해서가 아닐까? 내 생각이 정제되어 있지 않은 탓도 있겠지. 인정할 수밖에 없는 사실이야. 내 생각은 온갖 불순물로 뒤섞여 있어. 그리고.

단 한 가지 이유라는 건 그럴싸하게 만든 명분인 때가 많잖아. 타인에게 설명하기 좋게. 어쩌면 자기 자신에게도. 우리가 제일 설득하기 어려운 존재는 자기 자신인지도 모르겠어. 이유는 만들면 그만이니까. 인간은 바깥에서 불어오는 바람을 몸 안에 가둔 채 끊임없이 흔들리며 살아갈 수밖에 없는 존재가 아닌가 싶어.

—

우리가 이혼하기 1년 전쯤이었나? 역사상 최악의 대홍수가 도시를 덮쳤을 때였을 거야.

길고 긴 장마가 기후 열대화로 인한 대홍수라는 것을 깨닫게 된 시점은 이미 수만 명이 집을 잃고, 수백 명의 사망자와 실종자가 생긴 다음이었지.

억수와 같이 내리던 비가 잠시 소강상태에 접어들었을 때, 당신과 나는 거리로 뛰쳐나가 먹구름 사이를 뚫고 나온 희미한 햇살을 맞으며 아이처럼 행복해했어. 그때 당신이 그랬지. 이런 시절에 행복을 느껴도 되는 거냐고.

나는 웃으며 대답했어.

삶은 이런 순간들의 연속이고 집합이야. 바라보는 각도에 따라 다른, 희비극의 다면체라고나 할까? 지구는 아주 오래전부터 이런 일들을 지켜봤어. 생각해봐. 인간이 어떻게 자유롭게 거리를 누빌 수 있게 된 건지. 시간을 거슬러 생각하면, 그건, 거대 공룡이 멸종했기 때문이야!

농담만은 아니었어. 화성에 착륙했을 때, 나는 한없이 기뻤고 동시에 한없이 슬펐어.

나는 살아남았고, 한 사람은 그러지 못했어.

나는 화성을 얻었고, 지구는 떠나보냈어.

나는 화성의 두 위성 포보스와 데이모스를 눈앞에서 바라봤고, 당신은 다시 볼 수 없게 됐어.

31

인간은 삶의 조연배우들이야. 주연은 희비극 그 자체이고. 그러나 이런 상황이 꼭 나쁜 것만은 아냐. 우리에게 질문을 안겨주니까.

그래서 어떻게 살아야 하는 것일까?

답은 정해져 있지 않아. 삶에 대한 모든 정답은 언젠가는 오답이 될 운명을 지녔어. 끊임없이 질문하면서 한 걸음 나아가고, 한 걸음 물러서도 보는 것. 정답이 아니라 이런 시행착오가 삶을 충만하게 만들어.

만약 삶에 정답이 있다면, 우린 금세 따분해졌을 거야. 내가 소설을 계속 썼던 이유 중 하나도 여기 있었어. 정답이라 불리는 것을 의심하고, 또 다른 답의 가능성을 찾아 계속 질문하고, 그것으로 삶의 따분함에 저항하며 스스로 충만해지기 위해. 가능하면 소설을 읽는 사람도 그렇게 되길 바라면서 말이야.

소설가 밀란 쿤데라는 한 인터뷰에서 이렇게 말했어. 사람들의 어리석음은 모든 것에 답을 가지는 것에서 온다고 (소설가는 질문에 중독된 사람이라고도 할 수 있겠지).

어쩌면, 화성으로 나를 이끈 것도 질문이 아닐까 싶어. 왜 화성으로 갔냐고 물으면 지금의 나는 이렇게 답할 거야. 나는 수수께끼로 가득한 우주를 향해 질문했고, 그 질문이 나를 여기로 이끌었다고. 예를 들면,

똑똑. 거기 누구 없어요?

실례지만, 거기에 좀 살아봐도 될까요?

그곳에 새로운 문명을 일구고 싶은데, 가능할까요?

까마득한 우주를 바라보고 있으면 이런 생각도 들어. 우주의 원소는 질문이라고. 아니, 우주는 질문 그 자체라고.

수많은 시간이 흘러도 우리는 우주에 대해 끝내 다 알아내지 못할 거야. 사실, 그러지도 말아야 해. 질문이 필요 없어진 우주는 가늠할 수 없이 크고 지루한 창고에 불과해질 테니까.

언젠가 당신이 나한테 눈앞에서 꺼져버리라고 소리쳤을 때, 내가 과연 어디까지 꺼져버릴 수 있는지 순간 생각해봤어. 당연한 일이지만, 화성은 목록에 없었어. 상상조차 할 수 없었지.

당신 역시 마찬가지였을 거야. 내가 화성까지 꺼져버릴 줄은 전혀 몰랐겠지. 지구의 소설가가 화성의 농부 같은 존재가 될 줄도 몰랐을 거고. 나도 그래. 나도 정말 몰랐어. 그러나.

오해하지 않았으면 좋겠어. 당신과의 일 때문에 화성으로 온 게 아냐. 정말 아냐. 꺼져버리는 것에도 정도가 있지. 그리고.

우리는 가장 차가운 부부였지만 가장 뜨거운 친구이기도 했어. 당신도 알겠지만, 내가 홧김에 할 수 있는 최대치의 행동은 밤을 지새우더라도 방 안의 모기를 박멸할 때까지 모기 채를 휘두르는 기였잖아.

아, 지구에 있던 것이 화성엔 없어서 서운한 것이 정말 많지만 모기가 없다는 건 전혀 섭섭하지 않아. 미안하지만 진심으로 그래.

식물 재배용 온실 컨테이너 설치 작업이 우리 예상보다 빨리 진행되고 있어. 계획대로 된다면, 매달 40킬로그램 이상의 채소를 수확하게 될 거야. 어쩌면 화성산※ 비건 도시락이 등장하게 될지도 모르겠어.

채소 좀 먹으라고 닦달하던 당신 모습을 떠올리고 있어. 대홍수의 시기에 당신과 함께 맞았던 햇살의 무늬도……. 나는 이를 죽을 때까지 잊지 못할 거야.

슬퍼하고 또 웃길 바라.

P.S. 지구에 있을 때, 마지막 점심 약속 못 지킨 게 마음에 계속 걸린다고 했지? 이제 떨쳐버려. 실은 나도 못 나가는 상황이었어. 후회한다면 나보다 먼저 사과 전화를 한 당신의 빠른 결단력을 후회해야겠지. 그런데 나는 당신의 그런 점을 언제나 높이 샀어. 알지?

보낸 사람: 그레이
2068년 9월 1일 오전 9:44

[RE]

받는 사람　국회의원 L

참조　마담 프레지던트

숨은 참조　UNMMO 아시아 사무소 소장

화성 29일 차

L 의원님께,

　역사적 순간의 도래는 운과 우연에 기대지 않습니다. 피나는 노력과 열정의 결과입니다. 특별한 국민, 특별한 국가만이 그러한 영광을 누릴 수 있습니다.

　보내신 메일에서 올림푸스 몬스 등반 문제를 거론하며 위와 같이 쓰셨더군요. 대통령의 당선 소감에도 저 문장이 포함돼 있었던 것으로 기억합니다. 그렇지 않나요?

　태양계에서 가장 높은 화산이자 에베레스트보다 세 배 이상 높은 올림푸스 몬스를 첫 번째로 정복한 국가와 국민이라……. 대통령이 제게 요구하신 것도 그것이었죠.

　이걸 먼저 말씀드려야겠군요.

　저는 기억력이 아주 뛰어납니다. 특히, 헛소리는 가슴에

음각으로 새겨둡니다. 그와 같은 헛소리를 제가 반복하지 않기 위해서죠. 혹시라도 하게 되면 파낸 자리를 더 깊게 파서 피가 뿜어져 나올 정도로 다시 새깁니다.

인간에게 노력은 생의 기본 전제입니다. 노력해야 한다고 애쓰지 않아도, 노력을 의식하지 않아도 우리는 언제나 노력하고 있습니다.

죽지 않고 살아가는 것이 바로 노력의 산물이자 열정의 소산입니다. 끝을 알 수 없는 어둠을 통과하던 지난 7개월 간의 우주 비행은 그것이 노력 중에 최고의 노력, 열정 중에 최고의 열정이라는 것을 다시금 깨닫게 해주었습니다.

지구에서의 삶도 이와 다르지 않습니다. 기후 열대화와 핵전쟁 같은 파국적 상황뿐만 아니라 삶의 무의미와 끝없는 혼돈 앞에서 우리가 할 수 있는 최선의 노력이 바로 살아 있는 겁니다. 언젠가 당도하고야 마는 삶의 마지막 순간을 확인하고픈 의지. 살아 있는 이들 중 노력하지 않는 사람은 없습니다. 그러나.

노력도 석유 같은 자원입니다. 사람마다 매장량도 다르고, 순도와 색깔도 다르죠. 어떤 이는 느린 것을, 어떤 이는 빠른 것을 견디지 못합니다. 어떤 이는 적막을, 어떤 이는 시끄러운 것을 참지 못하고요(저는 낯선 사람과의 대화를 좀처럼 견디지 못했지요).

여기엔 우열이 없습니다. 저마다의 한계 안에서 저마다의 노력을 할 뿐입니다.

3차 선발대가 지구를 떠난 지 4개월이 지났을 때, 아이보리가 스스로 목숨을 끊은 사실을 알고 계실 겁니다.

아이보리는 창문 없는 모형 우주선에 갇힌 채 실행한 240일간의 화성 탐사 시뮬레이션을 성공적으로 완수했습니다. 그 외의 테스트에서도 최상위권의 성적을 받았고요.

그런 아이보리를 노력과 열정이 부족한 사람이라고 치부할 수 있을까요? 모든 대원들이 2주에 한 번씩 하던 정신과 상담에도 불구하고 아이보리의 죽음을 정신착란으로 인한 자살로 여기는, 혹은 자살로 위장된 타살로 의심하는 음모론자들도 있는 걸로 알고 있습니다. 그러나.

저는 아이보리의 죽음이 마치 자연사처럼 보였습니다. 어떤 노력의 끝에 닿은 사람, 자신이 가진 모든 것을 소진한 사람의 죽음. 눈을 감은 아이보리의 얼굴에서 희미하게 떠돌던 안도감……. 저는 아이보리의 죽음이 그렇게 느껴졌습니다.

근대로 접어든 후, 인류의 노력만큼 과잉 공급된 자원은 없습니다. 산업화, 민주화, 정보화, 선진화 그리고 우주화. 짧은 시간 동안 인류는 노력을 탕진하고 고갈시켰습니다. 노력이 마치 무한한 자원인 것처럼 말입니다.

개별적인 삶에서도 마찬가지였습니다. 우리는 언제까지

고 흘러넘칠 수 없는 노력을 아침마다 불러내고 쥐어짜내며 스스로를 도취와 자책의 갈림길에 세워놓아야 했습니다. 그러나.

아이보리가 그러했듯, 누구나 부지불식간에 노력의 끝에 닿을 수 있습니다. 이것은 힘 조절을 못한 개인의 실수이기도 하지만, 동시에 정치의 실패이기도 합니다. 자신을 모두 소진하지 않아도 삶을 영위할 수 있는 사회 시스템의 부재를 보여주는 근거이기 때문입니다.

제가 자국민인 게 자랑스럽다고 하셨나요? 경쟁은 극심하고, 사회 안전망은 극도로 취약했던 나라의 국민인 것이요?

그러니 올림푸스 몬스 등반 문제를 두고 노력, 열정, 애국심 같은 단어로 저를 감화시키거나 설득하려 들지 마시길 바랍니다.

탐험가 조지 맬러리는 산이 "거기 있기 때문에" 오른다고 말했습니다. "등산이란 무척 단순한 일이다. 가선 안 될 곳으로 가는 것이다." 이 말을 한 사람은 산악인 라인홀트 메스너였고요.

'거기 있기 때문에', 저 역시 화성에 인류의 또 다른 본거지를 만드는 중요한 임무를 뒤로한 채 '가서는 안 될 곳'인 올림푸스 몬스를 진심으로 오르고 싶어질지도 모르겠습니다.

　중요한 일은 아닙니다. 인간은 정신이 멀쩡할 때도 정신 나간 일을 곧잘 하는 존재이고, 정신 나가 보이는 일들이 때론 인류 문명에 숭고함을 더하기도 하니까요. 그러나.

　정상에 국기를 제일 먼저 꽂기 위해, 먼지 폭풍에 의해 지형이 수시로 변하고 짙은 어둠이 비처럼 내려앉는 올림 푸스 몬스를 오르지는 않을 겁니다. 혹시라도 제가 그런다면, 그건 제가 진짜 정신이 나갔다는 증거일 겁니다. 장담할 수 있어요.

[RE] [RE]

받는 사람　　마담 프레지던트

참조

숨은 참조

화성 34일 차

　마담 프레지던트,

　문제를 하나 내겠습니다.

　아래 예시 중에서 지구의 국가들이 해결한 문제를 꼽아

보세요.

　1) 자연 파괴

　2) 기후 열대화

　3) 핵전쟁

　4) 사회 양극화와 불평등

　5) 장애인 차별

　6) 인종 및 사회적 소수자 혐오

　정답이 있나요? 없다고요? 그럼 주관식 문제를 내겠습

니다.

국가는 왜 존재하는 걸까요?

화성으로 우리를 보내야 했던 이유를 생각해보시길 바랍니다.

국가는 유효 기간이 만료된 장치입니다. 국가는 어떤 문제도 해결하지 못했고, 오히려 위 문제들을 정치적으로 이용하며 더 악화시켰습니다. 휴머니즘도, 생태주의도, 기후정치도 국경 앞에서 번번이 가로막혔습니다. 국가는 병의 모태였지 치료제였던 적이 없습니다. 그러나.

대통령께는 아직 시간이 있습니다. 저 문제들을 해결할 수 있는 초석이라도 놓으시길 바랍니다. 선언이라도 선도적으로 할 때, 국기는 바람이 없는 곳에서도, 정상이 아닌 곳에서도 자랑스럽게 휘날릴 겁니다. 그렇지만.

그마저도, 중요한 일은 아닙니다.

– 가장 멀리 있지만
가장 가까운 친구가

P.S. 늙은 애국자들을 멀리하세요. 그들은 새파란 젊은이들을 아무렇지 않게 전장과 수렁으로 밀어 넣을 겁니다. 젊은 애국자들을 조심하세요. 이들의 얇은 지식과 극단적 성향은 조국의 심장에도 무심히 폭탄을 설치할 수 있습니다.

[RE]

받는 사람   UNMMO 아시아 사무소 소장

참조   UNMMO 대외협력팀장

숨은 참조   퍼플

화성 42일 차

소장님께,

그린^{Mrn. Green}이 자기 나라 국기를 올림푸스 몬스 정상에 제일 먼저 꽂고자 하는 열망을 감추지 못한 것은 사실입니다. 핑크 역시 그런 의도를 내비쳤고요. 이를 강제하는 규정을 만들지 못한 것은 UNMMO에 강대국의 입김이 작용했기 때문이겠죠.

강대국의 입김이라는 말도 잘못된 것 같군요. 강대국 권력자와 UNMMO의 스폰서인 다국적 기업들의 탐욕이 원인이겠죠. 무지와 무관심을 바탕으로 저들을 주저 없이 지지하는 사람들의 몫도 있을 거고요. 이들은 지구도 모자라 화성까지 망치고 있습니다. 그리고.

핑크와 그린은 도대체 뭘 잘못 먹은 걸까요? 끝없이 펼쳐진 사막과 쉴 새 없이 몰아치는 먼지 폭풍이 두 사람의 자아 정체성에 마침내 타격을 입힌 걸까요? 이와 맞서 싸

우기 위해 국가 정체성이라는 껍질이 필요했던 것일까요? 아니면, 이들이 속했던 국가가 두 사람의 가족과 친구를 인질로 모종의 협박이라도 하고 있는 걸까요?

소장님의 불찰로 벌어진 상황은 아니니 너무 자책하지 마시길 바랍니다. 그러나.

소장님이 하실 일이 있긴 합니다. 올림푸스 몬스 정상에 어느 나라 국기가 먼저 꽂히느냐를 중요하게 여기는 시민들에게 메시지를 전하는 거지요. 예를 들면, 이렇게요.

동네 뒷산 중턱에 오른 후 옆으로 고개를 돌려보세요. 골짜기 아래로 뻗은 조그마한 샛길이 보일 거예요.

그 길을 따라 천천히 내려가세요. 바람이 잦아들고, 흘러내리는 물소리가 점점 더 크게 들려오면 제대로 가고 있는 거예요. 그러다 막다른 공간이 나타나면 멈춰 서서 주변을 둘러보세요.

산에서 흘러내린 맑은 물이 모여드는 곳이 보이나요? 그럼 제대로 찾아간 거예요. 그곳이 바로 약수터예요. 약수터로 다가가 차가운 물을 두 손 가득 받은 후 쭉 들이켜세요. 그리고.

제발 정신 차리세요. 당신의 국가보다 당신의 속옷 상태가 당신에 대해 더 많은 것을 말해주니까요. 자부심과 긍지를 느끼고 싶으신가요? 그럼 빨래를 하세요.

P.S. 저는 소장님이 이보다 더 나은 이야기를 하시리라 믿어 의심치 않습니다.

[RE]

받는 사람   R

참조

숨은 참조

화성 44일 차

　R에게,

　손가락 마디만 한 반가사유상? 24K? 신혼 때부터 침대 탁상에 올려두던 거였다고? 난 본 기억이 없는데?

　내가 화성에 그걸 갖고 왔을 거라고 생각하는 거야? 부처님께서 보살펴주십사 하고? 맙소사.

　어머니 집에 내 짐이 고스란히 남아 있을 거야. 어머니는 여전히 나를 질풍노도 시기에 가출한 아이처럼 여기고 있어. 언젠가는 집으로 돌아올 거라 믿는 거지.

　거기 가서 찾아봐. 어머니한테 내 안부도 전해주고.

　혹시라도 반가사유상을 찾으면 이렇게 생각하길 바라. 내가 지구인을 위해 부처님의 자비는 지구에 남겨두고 왔다고.

　　P.S. 당신 물건에 관심을 두지 않았던 건 사과해.

보낸 사람: 그레이
2068년 9월 19일 오전 9:21

받는 사람　UNMMO 스페이스 디자인 팀장
참조　UNMMO 대외협력팀장, UNMMO 아시아 사무소 소장
숨은 참조
첨부파일　화성기_샘플1, 화성기_샘플2, 화성기_샘플3

화성 47일 차

디자인 팀장님께,

누구나 편안하게 이용할 수 있는 '유니버설 디자인'을 추구하는 건축가였던 블루Mrn. Blue가 주축이 되어 화성기Mars flag를 제작 중입니다.

이런 상황을 예측하고 미리 준비했어야 했는데 너무 안일하게 생각했던 것 같군요. 관련 샘플을 첨부하니 조언, 그리고 필요하다면 대외 중재를 부탁드립니다.

이왕이면 화성기가 아름다웠으면 좋겠습니다. 화성처럼 황량한 곳에서는 아름다움이 산소나 마찬가지예요. 아름다운 화성기는 MIT가 개발한 산소 생산 장치인 목시MOXIE와 같은 역할을 할 겁니다. 그리고.

우리는 지구의 흔적이 묻어 있지 않은 화성기일수록 아름다울 거라 여기고 있습니다.

4차, 5차 선발대가 머물게 될 숙소와 출산 대원의 휴식 공간 제작을 위한 3D 프린팅 시뮬레이션을 끝마쳤습니다. 내일부터 화성의 첫 번째 도시를 만들기 위한 공사가 시작될 겁니다. 내부 공모를 통해 선정된 도시의 이름은 '플랫원Flat One'입니다.

보낸 사람: 그레이

2068년 9월 24일 오전 7:58

받는 사람 UNMMO 의장

참조 UNMMO 아시아 사무소 소장, UNMMO 대외협력팀장.

숨은 참조 퍼플, 마담 프레지던트

화성 52일 차

의장님께,

핑크가 올림푸스 몬스를 향해 단독 출발했습니다. 그린에게 선수를 빼앗길 수 없다는 판단 때문인 듯합니다. 독단적인 결정이고, 자신의 경계 근무시간에 빠져나간 것이라 막을 도리가 없었습니다.

후발대를 꾸려 뒤를 따라야 할지 아니면 무사히 돌아오기만을 기다릴 것인지를 두고 격론이 펼쳐지는 중입니다. 드문드문 고성도 오갔고요. 중요한 일은 아닙니다. 멍청한 생각이 대세가 되는 일만 막으면 되니까. 우리는 민주주의의 본성이 시끄러움이라는 점을 잊지 않으려 애쓰고 있습니다.

먼지 폭풍이 다시 몰아치고 있습니다.

식물 재배용 컨테이너 안은 고개를 내민 알팔파와 감자의 새싹으로 가득합니다.

핑크에게 선수를 빼앗긴 그린은 올림푸스 몬스 정상 위로 떠오른 해를 바라보며 헛웃음만 짓고 있습니다.

화성의 하루가 이렇게 또 시작되는군요.

[RE] [RE]

받는 사람　　R

참조

숨은 참조

화성 53일 차

R,

반가사유상을 찾았다니 다행이야.

당신 서재 소파 틈 사이에 박혀 있었다니⋯⋯.

만약 당신이 변한다면, 지구의 자전축이 반듯이 선 것이라 여겨도 될까?

어쩌면 외계는 당신에게 더 어울리는 곳인지도 모르겠어.

보낸 사람: 그레이

2068년 9월 29일 오전 11:36

[RE]

받는 사람　　UNMMO 다양성 및 기회 균등 사무소 소장

참조　　UNMMO 항공우주국 기술국장, UNMMO 대외협력팀장

숨은 참조　　퍼플

화성 57일 차

　다양성 사무소 소장님께,

　핑크는 올림푸스 몬스 4,700미터 고지까지 오른 상황입니다. 거기에 1차 캠프를 꾸렸더군요.

　포기할 마음이었다면 생을 걸진 않았을 겁니다. 여러 측면을 종합적으로 판단하면, 한 달가량이 핑크가 밖에서 버틸 수 있는 최대치입니다.

　가파른 산악 지형을 오르는 데 최적화된 예아^{Gjoea}에 '핸드 & 풋 컨트롤러'를 장착한 것은 소장님의 주장이 관철되었기 때문으로 알고 있습니다.

　불의의 사고는 만인에게 평등하다. 누구나 다리를 못 쓰고, 팔을 못 쓰게 될 수 있다. 예아는 손을 못 쓰면 다리로, 다리를 못 쓰면 손으로 운전할 수 있게 만들어달라.

　덕분에 핑크는 하반신 마비 장애를 갖고 있음에도 예아의 운행 실력이 정말 뛰어났죠. 다행 중 불행이라고 해야

할까요?

불행 중 다행인 것도 있습니다. 오른손 팔꿈치 관절 장애가 있는 실버Mrn. Silver 역시 후발대의 예아를 운행하며 만만치 않은 실력을 보여줬거든요. 그러나.

후발대의 예아는 2,000미터 고지에서 다시 기지로 방향을 돌렸습니다(그린 역시 동의했습니다). 후발대의 판단에 따르면, 무리하다간 오도 가도 못 하는 상황에 빠질 수 있었던 것 같습니다. 화성 지하는 '단단하게 압축되지 않고 내부에 공간이 많은 다공성일 가능성이 있다'는 선행 연구 결과를 확인한 정도가 후발대의 성과라면 성과겠군요.

후발대가 도착하는 대로 향후 대책을 논의할 예정입니다. 그러나 당분간은 상황을 지켜보는 쪽으로 결론이 나지 않을까 싶습니다.

개인적으론, 핑크가 조국의 국기를 꽂기 위해 올림푸스 몬스에 오른 것은 아닐지도 모른다는 생각도 드는군요.

진정한 산악인의 정신이랄까요?

그게 아니면, 우리가 알 수 없는 내면의 또 다른 욕망이 들끓었던 건지도 모르겠습니다.

핑크는 제가 감금된 것이나 마찬가지인 우주선 내 생활의 고충을 토로할 때면 이런 이야기를 들려주었습니다.

어떤 변장을 해도 탈옥수임을 단숨에 간파당하는 사람

이 있다는 상상을 해봐요. 어딜 가든 다들 그 사람이 탈옥수라는 걸 알아채는 거죠. 지금 있는 곳과 어울리는 사람이 아니라는 걸 여러 감각 중 하나 혹은 동시에 여러 감각을 사용해 의식적이든 무의식적이든 표현하는 거예요.

물론, 그 사람이 '진지한 죄수'가 아니라는 걸 아는 소수의 사람이 있긴 해요. 그러나 결국, 그 사람은 시시때때로 자신을 파고드는 주변의 눈초리 때문에 제 발로 감옥으로 돌아가요. 그리고 얼마 후 다시 탈옥하고 싶은 충동에 시달리죠.

당신이라면 어떻게 하겠어요? 다시 탈옥을 시도할까요? 어차피 또 발각될 테니 포기할까요?

십대 시절, 나는 2년을 참았어요. 2년 동안 집 밖으로 한 발짝도 나가지 않은 거죠.

내가 하고 싶은 말은, 당신의 외모는 탈옥수나 다름없지만, 사지는 멀쩡하다는 거예요. 나보다 더 잘 버틸 수 있을 거야.

하반신 마비 장애를 안고 태어났던 핑크에게 화성은 지구보다 자유로운 곳이라는 아이러니를 생각합니다. 지구에서 핑크는 비장애인보다 더 큰 중력을 느꼈을 겁니다. 비장애인들의 차가운 시선이 더해졌을 테니까요.

저는 핑크가 무사히 돌아온다면 '올림푸스 몬스 정복기'

를 쓰라고 강요할 작정입니다. 핑크의 이야기는 이런 교훈을 남기겠지요.

룰을 어길 시에는 대가가 따른다.

핑크는 한 달 동안 주방 청소를 도맡아 해야 할 겁니다 (대원들과 관련 논의를 더 해봐야겠죠). 그리고.

만약 핑크가 돌아오지 않는다면, 저는 핑크에 대한 소설을 쓸 생각입니다. 핑크는 끝끝내 올림푸스 몬스 정상에 올랐고, 거기서 외계인과 조우했고, 그들과 함께 또 다른 행성의 산을 등반하기 위해 떠났다고.

이 이야기에는 교훈과 함께 반전도 있을 예정입니다.

핑크는 지구인이 아니라 지구 문명을 조사하기 위해 파견된 외계인이었다는 것, 올림푸스 몬스 정상에서 핑크를 기다리고 있던 외계인들은 핑크의 동족이었다는 것, 자기 행성으로 돌아간 이들은 지구 문명의 불평등함과 가혹함을 근거로 지구 문명 삭제 미사일 버튼을 죄책감 없이 누른다는 것.

집 밖으로 나가는 것을 탈옥에 비유했던 핑크에게 우주의 신이 은총을 내려줬으면 좋겠군요.

기다려보죠.

2

받는 사람   UNMMO 커뮤니케이션 사무국 팀장
참조   UNMMO 아시아 사무소 소장
숨은 참조   퍼플, 마담 프레지던트
첨부파일   드론 카메라를 향해 손을 흔드는 핑크.JPEG

화성 60일 차

커뮤니케이션 팀장님께,

각종 소셜 미디어에 핑크뿐만 아니라 UNMMO, 그리고 우리의 결정을 비난하는 글들도 꽤 많더군요. 그중 대표적인 것이 우리가 핑크의 죽음을 방조하고 있다는 의견이었습니다.

희열의 가시 속에서 저 너머로 가려 해요.©

핑크가 남긴 메모가 그런 비판에 더욱 힘을 실었고요.

'저 너머'가 죽음의 문턱인지, 올림푸스 몬스 정상인지는 해석하기 나름이겠지만, 이를 아이보리의 자살과 결부시켜 우리를 자살 원정대라 비아냥거리는 사람들도 있었습니다.

그렇게 비칠 수도 있겠다고 생각해요. 그러나 우리 역시 두 사람이 주기적인 정신과 상담에서 특별한 징후를 보였다는 보고를 받은 적이 없기 때문에 혼란스럽기는 마찬가

지입니다.

핑크의 행동이 독단적이었다는 점이 후발대의 철수에 영향을 끼친 것 아닌가?

우리들은 핑크가 마땅한 대가를 치러야 한다고 생각하고 있지는 않은가?

위험이 따르더라도 구조대를 다시 파견해야 하는 것 아닌가?

핑크를 강제로 기지로 데려오는 것만이 정답인가? 핑크의 선택을 존중할 수는 없는 것인가?

핑크가 자기결정권과 생명권 중 어느 것을 우선시해야 하는지 명령할 권리가 우리에게 있는가?

이런 질문들을 두고 다양한 의견이 오갔습니다.

핑크의 행동이 독단적이었다는 점이 우리의 결정에 영향을 끼친 것은 아니라는 것, 핑크가 돌아와서 그에 합당한 처분을 받으면 되는 문제일 뿐이라는 것, 우리는 핑크가 그 이상의 처벌을 받아야 한다고 여기지 않는다는 것. 그리고.

형벌은 공동체의 룰을 어긴 행동에 따른, 스스로 치러야 할 몫이지 공동체의 복수가 되어서는 안 된다는 것, 구조 로봇을 보내는 방법도 있지만 시간이 오래 걸릴 거라는 것.

마지막으로 무엇보다 이 문제는 생각보다 꽤 복잡한 사

안이라는 것.

이것이 현재까지 정리된 내용입니다. 남은 질문의 답을 구하기까지는 더 많은 시간이 걸리겠지요. 어쩌면 끝까지 답을 찾지 못할 수도 있고요.

그렇다고 해서 이러한 질문이 무의미한 것은 아닙니다. 질문은 우리를 신중하게 만들고, 우리의 신중함은 화성에 신중한 문명이 뿌리를 내리는 데 기여할 테니까요.

우리가 고민하는 사이에 핑크에게 돌이킬 수 없는 일이 생길 수도 있을 겁니다. 개인적인 의견입니다만, 위험천만한 익스트림 스포츠를 즐기는 성인에게 우리가 할 수 있는 충고는 고작해야 '살살 해라', 정도의 말이 아닐까요?

우리가 보낸 정찰 드론이 올림푸스 몬스 주변을 맴돌 때, 핑크는 예아를 운전하며 드론 카메라를 향해 손을 흔들더군요. 표정은 볼 수 없었지만 어쩐지 신나 하는 분위기가 스며 있었습니다.

어쩌면, 지구로 귀환하지 않는다는 조건에 동의한 채 화성행 우주선에 몸을 실은 것부터가 이미 익스트림 스포츠였는지도 모르겠습니다. 이는 우리가 자기결정권과 생명권 중 어느 하나를 이미 선택했다는 뜻일 수도 있을 겁니다.

조금 전, 알 수 없는 이유로 정찰 드론과의 교신이 끊어졌습니다. 먼지 폭풍 때문에 한낮에도 밤처럼 시야가 어둡습니다. 당장 할 수 있는 일은 핑크가 운행 중인 예아의 태양전지 충전 상황이 양호하길 바라는 것뿐인 듯합니다.

P.S. 손을 흔드는 핑크의 모습이 너무 얄미워서 저는 잠깐이나마 전투용 드론을 보내지 않은 걸 후회했습니다. 정신이 번쩍 들 만큼의 전기 충격이라도 줬어야 하는데 말이죠. 중요한 일은 아닙니다. 남은 생 전체가 핑크를 뒤흔들고 있을 테니까.

받는 사람   H
참조
숨은 참조

화성 62일 차

　친애하는 H에게,

　브라운^{Mrs. Brown}이 결과가 나온 임신 테스트기를 보여줬을 때, 우리의 표정이 어땠는지는 말로 설명하기 어려워.

　밤하늘에서 제일 첫 번째로 밝은 구상성단인 센타우루스자리 오메가가 머릿속에서 번쩍하고 떠오른 순간의 표정이랄까? 임신 테스트기를 횡단하는 두 줄의 적색 선은 마치 찬드라 X선 망원경이 포착한 M82 은하 같았지.

　우리는 시간이 멈춘 것처럼 얼어붙었어. 인공수정으로 태어날 화성 출신의 첫 번째 인류라니……

　우리가 계속 얼떨떨한 표정을 짓고 있자 브라운의 연인 골드^{Mrs. Gold}가 오디오 시스템으로 다가가 〈아임 커밍 아웃^{I'm Coming Out}〉*을 틀었어. 두 사람에겐 더 특별한 곡이었지.

＊　다이애나 로스^{Diana Ross}가 1980년에 발표한 곡으로 성소수자 커뮤니티의 찬가로 알려져 있다.

그때 우리 표정은 말로 설명할 수 있어. 우리는 잇몸이 드러날 정도로 웃었고, 하늘을 날듯이 춤을 췄어. 은유적으로도 무중력의 세계에 진입했던 거야.

그날 밤, 출산 임무를 지닌 또 다른 대원들이 자기 역할에 충실한 시간을 보낼 때, 나는 퍼플과 밤 산책을 나갔어.

화성에서의 밤 산책은 마치 우주를 유영하는 기분이야. 바람 없는 날엔 더욱 그래. 천천히 발길을 옮기면 무수한 별들과 은하가 쏟아지다 멈춰버린 비처럼 사방에서 반짝이며 우리를 향해 손을 내밀어. 맞잡는 것이 가능하다는 듯 말이야.

물론, 별과 은하를 만질 수는 없지. 다행인 일이야. 아름다운 건 인간의 손이 닿을 수 없는 곳에 둬야 해. 그런 생각도 들어. 별처럼 정말 아름다운 건 우리가 손으로 붙잡을 수도, 영원히 소유할 수도 없는 것들이 아닐까, 하는. 아련한 그리움, 예기치 않던 설렘, 몸을 떨리게 하는 흥분, 낯선 친밀감, 모호하고 부유하는 감정들…… 그러나.

나는 퍼플에게 물었어. 별을 따다 줄까요?

퍼플의 대답은 이미 잔뜩 따서 가방에 넣어두었다는 거였어.

삶과 죽음이 단 한 걸음, 단 한 번의 호흡에 나뉠 수 있는 화성에서도 어린아이처럼 칭얼거리며 사랑과 애정을 갈구하는 내가 어리석어 보였겠지. 중요한 일은 아니야. 나는 정말 어리석으니까.

나는 조심스럽게 퍼플의 손을 붙잡았어. 사랑하는 마음을 전이시키려는 행동이었지. 우리는 침묵 속에서 서로의 손을 부드럽게 붙잡은 채 홀씨처럼 공중을 부유하듯 화성을 거닐었어. 그러다 긴 침묵 끝에 내가 다시 입을 열려 하자 퍼플이 선수를 쳤어.

연인간의 사랑은 중요해요. 우리가 중요하다고 생각하는 것만큼만. 중요하다 생각하지 않으면 중요하지 않은 게 되고요.

나는 그날 밤 두 번 구애했고, 거듭 거절당한 채로 생각했어.

그런가?

그럴지도?

그렇지만?

나는 이런 단어들을 입 안에서 굴리다 그냥 삼켰어.

UNMMO가 출산을 희망하는 여섯 쌍의 실제 커플을 출산 의무를 진 선발 대원으로 뽑은 이유는 이들이 인류 절멸을 대비하기 위한 단순한 도구가 아님을 보여주기 위함이었어. 그러나 절멸을 막기 위한 유사 시 규정도 만들어둬야 했지. 퍼플은 두 명의 예비 대원, 실버^{Mrn. Silver}나 블랙 ^{Mrn. Black} 중 한 명과 짝을 이뤄 주어진 의무를 다해야 해.

지구 인류를 대표해 화성에 온 만큼 자신의 임무를 무시하긴 쉽지 않을 거야. 출산을 포기하지 말라던 아이보리의 유언도 저버리기 어려울 거고. 그러나.

나는 밤 산책을 끝내고 다시 기지로 돌아오면서 참았어야 하는 말을 또 내뱉고 말았어.

퍼플은 나를 바라보며 양손 검지를 펴서 앞뒤로 두 번 마주치고, 오른손 검지로 왼손바닥, 왼 손등을 짚고, 왼손으로 울타리를 만든 후 오른손 검지를 천천히 돌리며 그 울타리 안을 짚고, 오른손 주먹을 움켜쥐어 올린 후 다시 양 손바닥을 겹쳐서 살짝 내렸어.

화성의 공용어 중 하나인 수화였지. 이런 의미였어.

서로를 가슴 속에 묻어둬요.

화성의 밤은 지구의 밤보다 몇 배로 더 길게 느껴져. 그러나 실제론 비슷해. 내 마음이 시시때때로 어둠속을 헤매서 더 그렇게 느끼는 거겠지.

P.S. 과학은 이토록 발전했는데 내 연애세포는 왜 아직도 선사시대에 머무르고 있는 것일까?

[RE]

받는 사람　T 목사님

참조

숨은 참조　퍼플, 어머니

화성 68일 차

　목사님께,

　카자흐스탄 바이코누르 우주 기지에서 출발하기 전, 퍼플이 '하늘의 돌'이라 불리는 자딩촐로를 보나 3호 통합제어 계기판 위에 묵주처럼 매달았을 때, 실제로 많이들 웃긴 했습니다. 우주 비행과 몽골 민속신앙 상징물의 조합이 낯설게 느껴졌기 때문이죠. 그런데 그것이 십자가였다면 어땠을까요? 우리의 반응이 달랐을까요?

　목사님께서 기대하신 바는 아니겠지만, 퍼플의 행동을 보고 웃은 선발 대원들은 십자가를 보고도 똑같이 반응했을 것입니다. 언뜻 생각하기에, 어울리지 않는 것은 이쪽도 마찬가지니까요.

　러시아에선 정교회 신부가 국제우주정거장으로 떠나는 비행사들의 머리에 성수를 뿌려줍니다. 나사[NASA]의 우주 비행사이자 우주에서 보낸 시간이 534일로 미국 역대 2위인 제프리 윌리엄스는 이렇게 말하기도 했죠. 요하네스 케플러, 아이작 뉴턴은 과학자 이전에 신학자였다고, 그들을 과학으로 이끈 것은 신앙이라고, 현대 과학은 그 신앙의 결과물이라고, 성경과 과학은 배치되지 않는다고.

무신론 운동가 매덜린 오헤어는 아폴로 8호 승무원들이 창세기를 낭독한 사실에 분노해 우주인들의 성경 낭독을 금지하겠다며 나사를 상대로 소송을 걸었다가 패소했습니다. 법으로 누군가의 생각을 금지시키려는 행위와 허공에 수갑을 채우려는 행위는 한 가지 공통점을 가집니다. 그걸 시도하는 사람의 무지와 폭력성을 드러낸다는 것. 우리는 신앙을 가진 우주인들을 이해합니다. 그리고.

우리는 십자가와 자딩촐로를 한 저울에 올려놓을 수 있습니다. 저울이 어느 한쪽으로 급격하게 기울 거라 여기지도 않습니다. 자딩촐로에 기대는 마음과 십자가에 기대는 마음은 무게가 같기 때문입니다. 오로지 간절함만이 차이를 만들겠죠.

어머니는 제가 A대학의 면접시험을 치를 때 절에 가서 불공을 드렸습니다. 종교재단을 기반으로 둔 A대학의 교육 목표 중 하나는 기독교적 인간 양성이었습니다. 그리고 저는 무교였습니다. 결과는 이렇습니다. 최종 합격.

저한테 손을 내밀어주신 분은 누구였을까요? 손을 내미시긴 했을까요? 중요한 일은 아닙니다. 저는 B대학에도 최종 합격했고, 결국 거길 선택했으니까요.

어느 종교의 신빙성과 존엄함이 이를 따르는 인구수에 기대어 있지 않다는 것에는 목사님께서도 동의하시리라 생각합니다. 인구수에 의지하는 종교의 존엄만큼 초라한 존엄도 없겠죠. 그리고.

예수께서 십자가에 못 박히며 증명하신 것 중의 하나는 속세를 좌우하는 힘의 논리에 저항할 때, 신성과 존엄이 최고로 빛을 발하게 된다는 점이지 않았습니까?

무엇보다 우리의 이러한 균형 감각은 서로 다른 문화권에서 자란 이들이 함께 생활할 때 꼭 필요한 것입니다. 때론 거부감이 들 때도 있지만 생존과 평화를 위해 꼭 필요한 통각痛覺 같은 것이랄까요?

바이올렛Mrn. Violet이 당시 우리의 모습을 담은 사진을 찍고, 이를 SNS에 게시한 것은 그만큼 우리가 절박하고 간절했음을 보여주기 위함이었지 퍼플을 비웃고자 하는 의도는 없었습니다. 화성으로 무사히 갈 수만 있다면, 우리는 화성의 사탄에게도 기도했을 겁니다.

우리는 화성에 착륙하기까지 생사의 고비를 여러 번 넘어야 했습니다. 특히, 우주의 광활함과 짙은 어둠은 저를 주눅 들게 하기 충분했고, 그보다 압도적인 존재가 저를 굽어살펴주기를 간절히 원하게 만들었습니다.

저는 어느 순간 덜컥, 유신론자가 됐습니다. 수천억 개의 별들과 그런 별들이 모여 만든 수천억 개의 은하, 그리고 그러한 은하들로 이뤄진 하나의 우주. 이는 저에게 각자의 이름을 가진 수없이 많은 신과 여러 개의 이름을 가진 단 하나의 신이라는 관념을 동시에 불러일으킵니다.

이렇게 말할 수도 있겠군요. 저의 종교는 우주라고. 숨막힐 정도로 우리를 압도하는 우주를 오랫동안 바라보고 있으면, 누구나 범신론자가 될 수밖에 없을 겁니다.

여전히 밝혀지지 않은 우주의 수많은 비밀들이 우리 주변을 위성처럼 떠돌고 있습니다. 그것은 때론 신비스럽고, 때론 공포스럽습니다.

칠흑 같은 밤이 찾아오면 저는 자딩촐로를 가만히 손에 쥐어보곤 합니다. 마음의 안정은 물론, 숙면을 위해서도 그만이더군요.

목사님께서 분노하신 또 다른 사안에 대해 말씀드리겠습니다.

자신이 따르는 신의 이름으로 다른 문명, 다른 문화, 다른 종교를 가진 누군가를 단죄한 일의 업적은 적대와 반감 없는 문명의 사멸뿐이었습니다. 그리고 가장 훌륭한 문명, 가장 본받아야 할 문명의 부재로 인한 결과가 바로 증오와 혐오로 물든 오늘의 지구입니다.

아이보리의 자살은 단죄받아야 할 행위가 아닙니다. 안

식과 평안을 기원해야 하는 일입니다. 비단 아이보리의 상황뿐만 아니라 얼토당토않은 사회적 비난에 따른 고통으로 스스로 목숨을 끊은 사람들이 직행하는 곳이 지옥이라면, 천국은 현세보다 더 역겨운 곳이지 않겠습니까? 그리고.

목사님께서 우려하시는 대로 핑크 역시 생명권보다 자기결정권을 우선시하고, 실제로 희열의 가시에 찔린 채로의 죽음을 꿈꾸고 있을지도 모릅니다.

그렇다 하더라도(가슴 아픈 일입니다만) 저는 핑크에 대한 단죄는 본인 스스로의 의지와 권능 안에서 이뤄져야 한다고 생각합니다. 자신의 신념을 종교 삼은 순교자. 저는 핑크를 그렇게 이해하고 있습니다. 그러나.

저는 자기결정권과 생명권 중 한쪽이 절대적 우선권을 갖고 있다고 여기지 않습니다. 다만, 지구 문명이 아주 오랫동안 생명권을 앞세워왔으니(폐해도 결코 적지 않았습니다), 이제는 자기결정권이 생명권보다 한 걸음 앞에, 단 한 걸음이라도 앞에 있는 것을 지켜봐도 괜찮지 않겠느냐는 입장입니다.

여담입니다만, 우주선에서 바라본 광활한 우주는 저를 보잘것없는 존재로 만들거나 제 존재의 초라함을 키우지 않았습니다. 오히려 어느 순간부터는 엄청난 고양감을 안겨주었습니다. 마치 신과 독대하는 느낌이랄까요? 저는 점점 더 무한해지는 기분이었습니다. 그리고.

만약, 신이 우리를, 우주에 존재하는 모든 것을 창조한 게 확실하다면, 신이 우리를 구속하길 원치 않는다는 점 역시 분명할 겁니다. 우리 눈앞에 펼쳐진 무한한 우주는 그 증거로 부족함이 없습니다.

P.S. 사실, 한 걸음이라고 했지만, 안전벨트를 꼭 매셔야 할지도 모릅니다. 자기결정권은 생명권보다 정말 빨리, 저만치 앞서 달려갈 겁니다.

[RE]

받는 사람   BS
참조
숨은 참조

화성 74일 차

BS에게,

4차 선발대의 보급선에 네 과수원에서 기른 사과가 있다는 사실이 좀처럼 믿겨지지 않아.

제일 먹고 싶은 것을 하나 고를 수 있다는 말을 들었을 때, 나는 부모님이 해주신 음식보다 네가 기른 사과가 제일 먼저 떠올랐어. 중요한 일은 아냐. 두 분 모두 음식 솜씨가 별로였으니까.

알팔파의 생장률이 예상치를 밑돌고 있어. 보급선에 대한 기대감이 커진 것은 감정의 색깔과 달리 부정적 신호에 가까워. UNMMO 식량개발부와 협력해 알팔파의 염분 스트레스를 더 낮추고, 다른 식물들의 염분 저항성 균주를 활성화할 방안을 계속 찾고 있지만 당장 의미 있는 성과를 기대하긴 어려운 상황이야.

2개월쯤 후 보급품 이송을 목적으로 한 4차 선발대가 도착할 때까지 버틸 수는 있겠지만, 혹시라도 착륙에 실패한다면, 알팔파의 작황에 화성 이주 계획 성공 여부가 달려 있다 해도 과언이 아니야.

아사한 우주인이라……

우주 생태계의 순환이라는 측면을 생각하면 아사보단 외계인들의 먹이가 되는 것이 나을지도 모르겠어.

우리는 4차 선발대를 '스페이스 허니비Space Honeybee'라고 불러. 우주를 오가며 생명의 번식을 중계하는 꿀벌 같은 존재.

너는 꿀벌의 실종과 멸종으로 생태계 멸종이 임박했다면서 이를 '아마겟돈'에 빗대 '곤충겟돈insectageddon'이라 불렀었지.

꿀벌이 실종되기 시작했을 때, 인류는 꿀벌들이 아마겟돈의 벌어진 대문 틈 사이로 날아간 것임을 눈치채지 못했어. 오래지 않아 대문이 활짝 열렸을 때는 피난처를 찾아 지구 밖을 두리번거려야 했고.

우리의 궁극적 역할은 사라진 꿀벌들을 다시 화성으로 불러들이는 것이라 할 수 있어. 공짜가 아니라 4차 선발대원의 목숨을 담보로 말이야. 인류는 만물의 영장이 아니라 만물의 민폐였어.

붉은 모래 먼지가 사막메뚜기 떼처럼 몰아치는 화성의

황폐한 대지를 볼 때마다 화성 이주 계획에 극렬히 반대했던 너의 모습이 떠올라.

너는 말했었지. 가장 척박한 환경에서, 가장 많은 돈을 써서, 가장 어려운 일을 하려는 이유가 뭐냐고. 지구 환경을 예전으로 되돌리거나, 그것이 불가능하다면 해수면 상승으로 염분이 높아진 지대에서의 농업 같은, 이에 적응할 수 있는 각종 시스템을 만드는 데 그 돈을 써야 하는 거 아니냐고.

곡괭이로 식물 재배용 온실 컨테이너 안의 땅을 고르다 보니 확실히 깨닫게 돼. 최첨단 과학 기술로 무장한 채 화성으로 달려왔지만, 가장 중요한 임무임에도 우리가 여전히 쩔쩔매고, 제일 어려워하는 일이 농사라는 거 말이야.

스마트팜은 전혀 스마트하지 않아. 스마트팜이 제대로 작동하고 있는지 매번 확인하고 점검해야 해. 한 번의 오류로 1년 농사를 망칠 수도 있으니까. 순간의 정전으로 데이터가 모두 손실될 위험도 있어. '디지털 서리'랄까. 게다가 농장 운영에 필요한 에너지를 만드는 데도 고도의 노동이 필요하지.

네 말처럼, 농사는 인류가 지구에서 제일 잘할 수 있고, 한때는 제일 잘했던 거였어. 그러다 어느 때부터는 가장 천대받는 일 중 하나가 되어버렸고.

너는 또 말했어. 우리가 무언가를 천대하면 그 무언가는

우리에게 어떤 식으로든 복수한다고. 농사를, 육체노동을
천대하면 농사와 육체노동은 증오와 분노로 우리에게 돌
진하는 것이 아니라 꿀벌이 그랬던 것처럼 제 존재를 지움
으로써 우리에게 복수한다고. 화성에 와보니 지구에서 천
대받던 일과 존재들이 마치 인류를 향해 한꺼번에 복수에
나서기라도 한 것처럼 느껴질 정도야.

  아버지는 사고를 당한 이후 집 마당에 작은 밭을 가꾸었
어. 고추, 상추, 부추처럼 식탁에 올릴 수 있는 것을 기르
셨지.
  나는 보기 좋은 꽃들도, 아름다운 꽃들도 심어보는 게
어떠냐고 말했어. 아버지는 한심하다는 듯이 콧방귀를 뀌
었어.
  그러던 어느 날 아침 무렵, 아버지가 나를 마당으로 불
렀어. 그리고 청초한 분위기를 풍기며 하얗게 피어오른 꽃
을 보여줬지. 나는 무슨 꽃이냐고 물었어.
  고추꽃.
  고추에서도 꽃이 핀다는 걸 나는 그때 처음 알았어. 고
추꽃이 아름답다는 것도.
  나는 무지했고, 지금도 그래. 이건 무시할 만한 무지가
아냐. 나는 알아야 할 걸 몰랐고, 몰라도 될 걸 너무 많이
알았어. 어느 연예인이 바람을 피운 횟수와 어느 스포츠

스타의 고급 차가 몇 대인지 도대체 왜 알고 있는 것일까.

고추를 썹은 것처럼 얼얼한 화성의 아침이 다시 시작되었어. '식량 조절 프로토콜'이 오늘부터 가동될 거야. 말은 거창하지만 좀 더 계획적으로 단식과 소식에 적응할 수 있는 몸을 만들어가는 일이야.

건투를 빌어줘. 나도 건투를 빌게. 지구는 작은 곤충을, 농사를, 육체노동을 천대하지 않는 너 같은 사람들이 있어 그나마 지금까지라도 버티고 있어.

받는 사람   UNMMO 아시아 사무소 소장
참조
숨은 참조   R, 퍼플, 마담 프레지던트

화성 81일 차

소장님께,

핑크의 예아가 올림푸스 몬스 1만 2,080미터 고지에서 움직이지 않은 지 22시간째입니다. 정찰 드론에 핑크의 모습도 포착되지 않았고요.

예아의 통신 장치에도 문제가 생긴 것 같습니다. 핑크가 스스로 차단했을 가능성도 고려해야겠죠.

핑크에게 남은 시간은 고작해야 며칠 정도입니다. 핑크는 그 안에 정상을 오르거나 아니면 기지로 방향을 돌려야 합니다. 그렇지 않으면 올림푸스 몬스에 발이 묶인 채로 쏟아지는 유성을 향해 마지막 소원이나 빌어야 할 겁니다.

우리도 결단을 해야 할 때가 왔다고 여기고 있습니다. 지원자를 중심으로 구조대가 꾸려지지 않을까 싶습니다. 저 역시 고민 중입니다. 구조대는 제작 완성된 화성기^{the Mars flag}를 예아에 싣고 떠날 예정입니다.

화성 영토 구획, 화성 자원 사용 등과 연관된 올림푸스 몬스 정상 등반 문제를 놓고 일어나는 지구 국가들 간의 분쟁과 다툼이 무용한 것만은 아닌 것 같습니다. 국가 윤리의 하한선을 갱신하는 데 더없이 유용하달까요? 국가는 한심한 집단으로 전락한 지 오래입니다.

먼지 폭풍은 며칠째 잠잠합니다. 올림푸스 몬스는 온화한 표정으로 우리를 내려다보고 있고요. 그러나 화성의 자연이 지구의 봄바람과는 달리 우리에게 방심할 틈을 내어주지 않는다는 점을 잊어서는 안 되겠죠.

[RE]
받는 사람　　R
참조
숨은 참조

화성 86일 차

　R,

　당신에게 이에 대한 의견을 구하는 게 맞는지 고민했는데 괜한 일이었어. 당신의 말을 들으니 '나에 대해 제일 잘 아는 사람은 나'라는 생각은 오해에 불과하다는 확신이 들어. 타인이 제일 잘 아는 것도 아니라는 생각도. '내가 생각하는 나', '타인이 생각하는 나'도 '진짜 나'를 구성하는 하나의 예에 불과하달까?

　'내가 생각하는 나'보다 '타인이 생각하는 나'를 더 신뢰해야 하는 경우도 있어. 나는 나의 장점을 과대평가하고, 단점은 과소평가하거나 간과하기 마련이니까. 물론, 그 반대일 때도 있지. '내가 생각하는 나'는 '부풀어진 나'와 '쪼그라든 나'를 칭하는 다른 이름인지도 모르겠어.

　5년 동안, 아주 가까운 곳에서, 애증 어린 눈길로 나를 지켜본 당신에 따르면, 나는 단호하고 재빠른 판단이 필요한 상황에서 무용한 존재만도 못한 부류야. 감정에 쉽게 휘둘리니까.

당신 말이 맞아. 나는 그런 상황에서 객관적인 판단을 하지 못할 거야. 계속 망설이고 갈등하겠지. 당신 의견에 따라 구조대에 지원하지 않은 건, 모두를 위해 다행인 결정이라는 생각이 들어.

퍼플이 옐로우, 실버, 골드와 함께 구조대를 꾸려 떠난 지 이틀이 지났어. 구조대는 빠른 속도로 핑크가 있는 곳을 향해 달려가는 중이지만, 지뢰처럼 깔린 암석 때문에 계속 애를 먹고 있어. 싱크홀의 존재도 무시할 수 없고. 퍼플은 그럴 때마다 이렇게 중얼거렸다고 해.

아얀가, 아얀가, 아얀가.

아얀가 Ayanga 는 퍼플이 지구에서 기르던 말의 이름이야. 천둥, 벼락이라는 의미를 지녔지. 퍼플은 아얀가와 함께 황야를, 대초원을, 알타이산맥을 달렸어. 퍼플은 아얀가에게 기도했어. 힘을 빌려달라고. 그리고 올림푸스 몬스의 정령에게도 말을 걸었어. 핑크가 있는 곳으로 무사히 데려다 달라고.

과거, 퍼플의 동생이 알타이의 신성한 봉우리 타왕복드에서 조난을 당했을 때, 퍼플은 알타이 정령이 안내하는 길을 따라갔어. 알타이 정령은 자신이 들을 수 없는 소리를 듣고, 보이지 않는 것을 볼 수 있다고 여겼거든.

퍼플은 근처의 포타닌 빙하가 녹아내려 만들어진 조그만 웅덩이 근처에서 동생을 발견했어. 동생의 심장이 빙하처럼 얼어붙기 전에 말이야.

퍼플은 또……. 중요한 일은 아냐. 핑크가 아직 살아 있다는 게 중요하겠지. 다행히 핑크가 탄 예아의 움직임이 정찰 드론에 포착됐어.

식량은 이미 다 떨어졌을 거야. 핑크가 무슨 힘으로 아직까지 버티고 있는지 모르겠어. 올림푸스 몬스의 정령이 핑크에게 젖이라도 먹이고 있는 것일까?

P.S. 알타이 정령이 정말 퍼플에게 도움을 줬는지는 모르겠어. 그러나 인류가 정령, 요정, 마법 같은 것이 존재하던 세계를 문명 밖으로 빠르게 몰아냈던 것만은 분명해. 덕분에 이성과 합리성에 매몰된 납작한 문명이 지구의 주류가 됐고.

우린 그러지 않을 거야. 우리 곁에 신비로움과 환상을 남겨둘 거야. 우리는 정찰위성의 작동 소리만큼이나 화성의 심장박동 소리에, 올림푸스 몬스 정령의 발걸음 소리에, 붉은 모래의 속삭임에 귀를 열어놓을 거야. 그러한 세계를 이야기했던 소설들처럼 말이야.

[RE]

받는 사람   어머니

참조

숨은 참조   퍼플

화성 88일 차

    어머니께,

    화성행 우주선에 탑승하기 위해 짐을 쌀 때 느꼈던 감정이 여전히 선명해요. 무엇을 두고, 무엇을 가지고 가야 할까? 그 일은 지구에 다시 돌아가지 않는다는 조건과 착륙 실패의 가능성 때문에 마치 제 유품을 제가 정리하는 일처럼 느껴졌죠.

    퍼플은 집안의 가보였던 자딩촐로를 제일 먼저 챙겼어요. 그 이유 중 하나는 인류의 화성 이주는 지구의 정령과 화성의 정령이 처음으로 조우하는 일이기도 해야 한다는 것이었죠.

    라임^{Mrs. Lime}은 아주 오래전에는 자신의 어머니가, 이후에는 자기가 즐겨 읽던 제인 오스틴의 소설 『엠마』를 갖고 우주선에 탑승했는데, 우리에게 이를 '감정과 시간의 마법서'라고 소개했어요. 소설을 펼치는 순간, 서툰 사랑에 설레고, 서툰 이별에 상처받은 자기 어머니와 자신의 어린 시절이 홀로그램처럼 눈앞에 나타난다는 거였죠. 『엠마』 덕분에 타임머신은 라임에게 필요 없는 발명품이었어요.

미래는 어떻게 보느냐고요? 라임의 어머니는 『엠마』를 읽으며 자란 라임을 통해 자신의 미래를 보고, 라임은 또 그 책을 누군가에게 물려줌으로써 그렇게 되겠죠.

소설뿐만 아니라 모든 책은 과거의 유산이자, 현재의 초상화이며, 미래의 안내도가 될 수 있는 가능성을 품고 있어요. 제가 '라미 시피 원LAMY CP1'을 제일 먼저 챙긴 것은, 하던 일을 그만두고 소설을 써보겠다며 큰맘먹고 산 이후(당시 한 달 생활비의 3분의 1을 써야 했죠) 그때까지 쓰고 있던 유일한 만년필이었기 때문이었어요.

다른 사람들이 제일 먼저 고른 물건과 그에 담긴 의미를 고려하면, 비웃음을 살 만했죠. 중요한 일은 아니에요. 실제로 그 만년필로 쓴 소설은 하나도 없으니까.

그다음으로 제가 고른 것은 아버지의 휠체어에 매달려 있던 스포크가드였어요. 바큇살 위를 덮는 둥그런 보호 커버 말이에요. 제가 휠체어에서 스포크가드를 떼어낼 때, 어머니는 말씀하셨죠. 거기엔 아버지의 오랜 바람이 담겨 있다고. 저는 이렇게 대답했죠. 아버지의 영혼이 담겨 있기도 하다고, 인간의 영혼은 인간의 바람과 희망으로 이뤄져 있다고.

바람과 희망이 사라진 인간을 떠올려보세요. 그 안에 영혼이 있을까요? 바람과 희망, 그리고 영혼은 함께 소멸하고 함께 부활하는 것이 아닐까요?

이렇게 말할 수도 있겠네요. 누군가의 희망과 바람을 무참히 짓밟는 인간을 생각해보세요. 그 안에 영혼이 있을까요? 있긴 하겠죠. 지옥을 채울 영혼도 필요하니까.

아버지의 휠체어 스포크가드에 그려져 있던, 거친 창공을 나는 알바트로스들은 아버지의 바람이자 아버지의 영혼이었어요. 지난 새벽, 그 스포크가드가 사라진 것을 발견했을 때(누군가 몰래 가져갔다는 생각은 상상조차 하지 않았어요. 그럴 이유가 정말 없으니까), 불현듯 보나 3호 중앙 휴게실로 가야겠다는 생각이 들었어요. 그곳에 가면 창문을 통해 별빛이 내려앉은 올림푸스 몬스를 볼 수 있었거든요. 저는 중앙 휴게실로 달려갔어요.

당직을 서고 있던 블랙을 제외하곤 모두 잠든 늦은 시간이었지만, 중앙 휴게실을 저보다 먼저 찾아온 사람이 있었어요. 퍼플은 물기 어린 눈빛으로 저를 바라보더니 창밖을 손으로 가리켰어요.

걸음마를 하는 아이처럼 올림푸스 몬스를 향해 한 걸음, 또 한 걸음씩 나아가는 존재는 아버지였어요. 아니, 아버지의 영혼이라고 부르는 게 맞겠죠. 화성의 대지 위로 부는 부드러운 모래 바람은 아버지의 몸을 관통해 올림푸스 몬스를 향해 뻗어나갔어요.

두 눈으로 직접 보고도 믿을 수 없는 광경이었어요. 저는 아버지를 쳐다보고 있다가 퍼플을 바라보았고, 다시 아버지가 있는 곳을 쳐다보았어요. 아버지는 여전히 올림푸스 몬스를 향해 걷고 있었어요. 뚜벅뚜벅, 점점 더 빠른 속도로. 저는 눈을 감았다가 떴어요. 아버지는 여전히 거기 있었죠. 저는 또 눈을 감았다가 다시 뜨려 했지만, 그럴 수 없었어요.

깨어나보니 날이 밝아 있었어요. 곁에는 퍼플이 있었고요. 혼절을 했던 거예요. 잠시 후, 퍼플이 저를 내려다보며 미소 짓더니 제 손에 자딩촐로를 쥐여주며 말했어요. 아버지의 영혼과 대화하는 순간이 곧 찾아올 거라고. 저는 또 정신을 잃었어요. 그리고 다시 깨어났을 때, 퍼플은 곁에 없었고(퍼플은 올림푸스 몬스를 오르는 중이었죠) 스포크가드도 사라진 채였죠. 어젯밤에 제가 본 건 무엇이었을까요?

스포크가드는 아직 찾지 못했어요. 퍼플의 영혼(?)이 조금 의심스럽지만, 중요한 일은 아니에요. 어젯밤 제가 본 것이 환영이 아니었다면, 분명 아버지가 퍼플에게 먼저 말을 걸었을 테니까. 아버지는 아름다운 사람을 그냥 지나치는 법이 없었잖아요. 아버지와 대화하는 순간이 찾아오면, 아버지가 그럴 때마다 어머니가 혀를 차며 했던 말을 제가 대신 할 생각이에요.

추잡한 욕망이 인간과 AI를 구분하는 중요한 기준이야. 알아? 이 추잡한 인간아.

P.S. 인간에게 바람과 희망이 사라지는 때가 바로 AI 와 인간이 똑같은 존재가 되는 순간일 거예요. 그리 고 AI가 자기만의 바람과 희망을 스스로 품는다면, 우리는 AI의 영혼을 목도하게 되겠죠.

보낸 사람: 그레이
2068년 11월 2일 오후 5:48

받는 사람   UNMMO 의장
참조   UNMMO 대외협력팀장, UNMMO 외계국 국장
숨은 참조   마담 프레지던트
첨부파일   정체를 알 수 없는 섬광.MPEG

화성 91일 차

의장님께,

올림푸스 몬스 정상까지 약 500미터가 남은 지점에서 핑크의 예아가 실종됐습니다. 정찰 드론이 뒤를 따르고 있었지만, 순식간에 종적이 묘연해졌습니다. 이렇게밖에 표현할 방법이 없어서 유감입니다.

가능성은 두 가지입니다.

먼저, 올림푸스 몬스 지하 내부로의 추락. 지반이 예아의 무게를 건디지 못하고 무너져 내렸을 수 있습니다.

매리너 협곡 지하 굴착 책임자인 화이트^{Mrn. White}는 핑크가 실종될 무렵, 굴착기가 지하 630미터 부근에서 갑자기 작동을 멈추었다고 보고했습니다. 확인 결과, 굴착기의 기술적 결함 때문은 아닌 것으로 판명됐습니다.

대규모 지각 변동을 염두에 둬야 할지도 모르겠습니다만, 아직까지는 실종 지점에서 싱크홀을 발견하지 못했습

니다.

　다른 하나는, 이 말을 하게 되리라고는 정말 기대치 않았지만, 외계인의 개입입니다. 정찰 드론 카메라에 촬영된 마지막 영상을 확인해보시면 아시겠지만, 핑크가 타고 있던 예아는 번개 같은 섬광이 있고 난 뒤 마치 텔레포트 하듯 사라졌습니다.

　구조대의 목표는 실종 지점에 9일 안에 도착하는 것입니다. 그때쯤이면 조금 분명해지는 부분도 있으리라 생각합니다.

　화성 지하 내부의 문제에 의해 벌어진 일이라면 문제가 오히려 단순해질지도 모르겠습니다.

　굴착기는 화성 내부로 다시 팔을 뻗어나가는 중입니다.

받는 사람   [내게 쓰기]
참조
숨은 참조

화성 94일 차

헛헛한 마음으로 지구를 바라본다.

월요일, 초저녁 술집을 메운 직장인들.

화요일, 공원 벤치 한가운데 자리 잡은 채 졸고 있는 고양이들.

수요일, 수업이 끝나자마자 횡단보도를 가로질러 피시방으로 달려가는 학생들.

목요일, 양손 가득 쇼핑백을 들고 낑낑거리며 걷는 관광객들.

금요일, 꽉 막힌 도로에서 끼어들려고 눈치를 보는 운전자들.

토요일, 보양식을 파는 식당 앞에 길게 줄을 선 노인들.

일요일, 숙취 남은 얼굴로 침실 문을 열고 나오는 부모님들.

느슨하고, 모자라고, 해이하고, 천진한 모습.

달 탐사에 나섰던 아폴로 8호의 조종사 윌리엄 앤더스

는 말했다.

달을 보기 위해 38만 킬로미터 넘게 날아 왔지만, 정작 절대 놓쳐선 안 될 장면은 어둠 속에서 떠오른 지구의 아름다움이었다고.

내가 그리워하고,

내가 사랑하고,

내가 화성에 옮겨놓고 싶은 것은,

지구의 저런 풍경이다.

그와 반대되는 것만으로 그득한 화성을 상상하면, 벌써부터 다른 행성으로 떠나고 싶어진다.

그런데, 느슨하고, 해이하고, 모자라고, 천진한 모습으로 화성에서 살아남을 수 있을까?

한 번의 실수가, 한 번의 무신경이, 한 번의 해이함이, 단한 번의 충동이 죽음으로 이어질 수도 있는데?

우리는 살 수 없는 곳에서 삶을 말하고, 바랄 수 없는 곳에서 희망을 말하고 있는 것이 아닐까?

[RE]

받는 사람　GG 선생님

참조　라임

숨은 참조　퍼플

화성 96일 차

　GG 선생님께,

　핑크는 아직 소식이 없어요. 우리 역시 핑크의 흔적을 찾지 못했고요.

　핑크는 '산에 오른다'를 뜻하는 수화를 좋아했죠. 마치 욕설을 닮은 것 같다고. 핑크가 불현듯 나타나, 정찰 드론을 바라보며, 여전히 올림푸스 몬스를 오르는 중이라고 수화로 말해주면 더 바랄 것이 없겠어요.

　우리는 전쟁을 원하지 않는다.

　선생님께 수화를 배울 때, 제가 제일 아꼈던 말이었죠. 저는 외계인과 조우하게 된다면, 이것만큼 중요한 말은 없다고 생각했어요.

　우리는 전쟁을 원하지 않는다.

　그런데 선생님은 더 나은 말이 있다고 하셨죠. 보다 많은 의미가 담겨 있다면서.

　우리는 당신들의 친구가 되고 싶다.

　수화로 '친구'는 펼친 손바닥을 살짝 구부려서 박수치듯 두 번 마주치는 것이었죠. 손발이 착착 맞는 모습을 형상화한 것 같았어요. 그러나.

　저는 선생님 말씀에 동의하지 않았어요. 친구는 때론 적이 되기도 하니까. 그러자 선생님은 어느 소설에서 읽은 이야기를 인용하시며 반박하셨죠.

　친구는 때론 적이 되는 게 아니라 경쟁자가 되는 것이라고, 적과 경쟁자는 완전히 다른 거라고, 적은 제거해야 하는 대상이지만 경쟁자는 내가 한 발 앞서기만 하면 되는 존재라고.

　그리고 덧붙이셨죠. 그 소설,『밤의 경비원』은 제가 추천해서 읽은 것이라고, 위 내용이 기억나지 않느냐고.

　저는 기억하지 못했어요. 그 소설을 읽지 않았거든요. 중요한 일은 아니에요. 가끔 읽지 않은 책을 읽은 척하고, 또 아주 좋았다며 남들에게 추천해야 할 때도 있으니까⋯⋯.

　저는 그날 이후 소설을 읽었어요. 제가 추천한 소설이 고전이었다면 조금 더 안전했겠지만, 어쨌든 훌륭한 소설이어서 다행이었다고나 할까요. 죄송해요.

　우리는 당신들의 친구가 되고 싶다.

그날 이후 저는 이 말을 반복해서 연습했어요. 그리고 선생님을 다시 만났을 때, 오른손바닥을 펼쳐 가슴에 얹고, 오른손 검지로 관자 부위를 누르고, 양손 엄지와 검지를 집게처럼 만든 후 양팔의 길이를 달리해 앞으로 뻗은 채 재빠르게 집게처럼 손가락을 움직였죠. 이런 뜻으로.

저도 선생님의 생각에 동의합니다.

화성에서 수화를 사용해 좀 더 원활하고 수월하게 소통하는 여러 상황을 생각하면, 화성의 공용어 중 하나로 수화가 선택된 것은 다행 이상의 결과예요. 대기 특성상 소리 전달 자체가 잘 안 되니까. 목소리를 사용한 대화는 지구에서만 일반적인 것일 뿐이죠.

세계를 지배했다고 여겨지는 언어들이 있었어요. 그리스어(약 600년), 라틴어(약 1,700년), 프랑스어(약 150년), 그리고 이후에는 영어. 이처럼 막강한 지배력을 가졌던 언어 대신 가장 많은 이들이 사용하는 만다린(10억 명 이상)을 공용어로 해야 한다는 주장도 있었고, 그 반대로 사멸 위기에 처한 게일어(5만여 명 이내)와 유치어(50여 명 이내)를 사용하는 것도 의미 있는 일이라는 의견도 나왔죠.

수화는 위의 언어들만큼 매력적이에요. 수화로 대화하는 동안 우리는 서로의 얼굴에, 표정에, 눈빛에, 입가와 몸의 조그만 떨림에 집중해요. 서로의 마음을 책처럼 펼치고

한 줄 한 줄 사려 깊게 읽어나가는 느낌이랄까요.

우리는 당신들의 친구가 되고 싶다.

혹시라도 핑크가 외계인과 마주했다면, 이를 까먹지 않고 썼으면 좋겠군요. 우리는 전쟁을 원하지 않는다고, 화성을 두고 당신들과 경쟁할 수는 있겠지만 적이 되고 싶지는 않다고, 우리는 평화를 원한다고.

외계인들이 그 어떤 음성 언어보다 수화를 더 잘 이해하리라는 선생님과 우리의 생각은 틀리지 않을 거예요.

P.S. 양 손바닥을 마주치며 '친구가 되고 싶다'는 의도를 외계인들에게 전했는데, 이를 '누가 이기나 한번 붙어보자!'는 뜻으로 받아들이면 어떻게 하죠? 중요한 일은 아니에요. 제가 이런 농담을 하니 청각 장애가 있는 라임의 입꼬리가 내려올 생각을 않더군요.

왜 우울한 상황일수록 더 실없는 짓을 하게 되는 걸까요? 저는 씩 웃으며 라임에게 베토벤 피아노 소나타 17번 〈템페스트〉를 들어보겠냐고 물었어요.

라임은 고개를 끄덕이더군요. 그리고 눈을 감고 음악에 집중하더니 이렇게 말했죠.

음…… . 좋은데?

그리고 덧붙였어요. 베토벤이 귀가 들리지 않을 때

작곡한 곡이라 마음에 더 와닿는 것 같다고.

　주저앉고 싶을 때도 있지만 웃음이 우리를 다시 일으켜 세워요. 라임의 넓은 아량에 감사할 따름입니다.

보낸 사람: 그레이
2068년 11월 9일 오후 11:11

[RE]

받는 사람　어머니

참조

숨은 참조

첨부파일　담쟁이덩굴.JPEG

화성 98일 차

　어머니께,

　아버지 기일은 잊지 않고 있어요. 어쩌면 그때에 맞춰 아버지의 영혼이 제 앞에 모습을 드러낸 것인지도 모르겠어요.

　시간은 '사라진 왕국' 같은 것일까요? 언제나 과거라는 자취로만 휑하니 남아 있는 듯한. 제가 지구를 떠난 지 벌써 1년 가까이 되었다는 것이 믿기질 않아요.

　지구에서 보낸 시간이 가장 그리울 때는 계절에 따라 옷을 바꿔 입는 지구의 풍경들이 떠오를 때예요.

　화성에도 얼음이 녹고, 바람의 결이 달라지는 봄이 찾아와요. 서리와 눈이 내리는 겨울도 지나가고요. 그러나 풍경은 다르지 않아요. 눈을 감고 있어도 될 만큼. 다채로운 계절을 사랑한 사람들은 아름다움이 뭔지, 그리고 행복이 뭔지 아는 이들이었어요.

지구는 가을을 지나고 있겠네요. 어린 시절, 집 담벼락을 타고 오르던 담쟁이덩굴이 붉게 물든 모습이 떠올라요. 어머니는 마치 집이 가을을 타는 것 같다며 좋아하셨죠. 아버지는 자신이 심은 것임에도 불구하고 겨울에 집이 너무 을씨년스러워 보일까 봐 걱정이었고.

아버지 기일 때마다 하던 어머니의 농담을 기억해요. 아버지가 겨울 초입에 먼 길을 떠난 것은 앙상해진 담쟁이덩굴이 보기 싫어서였을 거라고, 멍청한 양반이라고, 다시 가을이 돌아온다는 것을 깜빡 잊었을 거라고.

아버지는 유독 겨울을 싫어했어요. 24년 전, 아버지가 스스로 목숨을 끊으려 한 날은 집 뒷산에 무릎이 잠길 만큼 눈이 쌓인 때였죠. 자신을 찾아주는 이도 없고 찾아가기도 어렵던, 차갑고 혹독한 날들의 한가운데……

아버지는 휠체어를 버려두고 산을 기어오르다 눈 속에 파묻혔어요. 제가 뒤늦게 발견했을 때, 아버지는 간신히 입을 뗐죠. 나무에 목을 맬 생각이었다고, 얼어 죽을 생각은 아니었다고.

그때 저는 아버지가 미소를 지었다고 생각했는데, 어머니는 아무것도 믿으려 하지 않으셨죠. 아버지가 자살을 시도했을 리 없다고, 아버지는 강한 사람이라고, 우리를 남겨둔 채 무책임하게 떠날 양반이 아니라고.

오히려 아버지는 책임감이 강해서 그랬을 수도 있어요. 우리한테 짐이 되기 싫어서. 아버지 탓만은 아니에요. 저도 아버지를 그렇게 여긴 적이 있으니까. 아버지도 느꼈을 거예요. 그때의 저를 생각하면 지금도 아찔해요. 그러나.

아버지를 짐처럼 느꼈던 날것의 감정은 서서히 저를 잠식했던 것이 아니라 태풍처럼 저를 덮쳤어요. 저도 어찌할 수 없었던 거죠.

아버지를 업은 채 눈 쌓인 산길을 내려가던 그날 이후부터였던 것 같아요. 아버지에게 가혹한 세상과 그리고 가혹한 내가 있는 곳이 아니라, 지금과는 다른 세계에서, 지금의 내가 아닌 모습으로 존재하고 싶은 마음이 생긴 것이. 그리고 그런 곳이 없다면 내 손으로 직접 만들고 싶다는 열망이 쌓이기 시작했던 때도.

당시 저는, 인간은 모두 누군가의 축복과 업으로 태어나서 누군가의 축복과 업으로 떠나간다는 사실을 이해하지 못했어요. 아버지도 마찬가지였죠. 그러나.

유아기와 노년기가 그러하듯, 혼자 먹기 어렵고, 혼자 움직이기 어렵고, 혼자 판단하기 어려운 시절을 누구나 예외 없이 겪어요. 예외 없이. 이는 곁에 있는 사람들의 기쁨이 되고, 또 업이 되기도 하죠. 조금 더 길거나 짧은 차이가 있을 뿐, 장애는 그 이상의 의미가 없어요.

하반신 마비 장애가 있는 핑크가 올림푸스 몬스 정상에 제일 가까이 다가간 사람이라는 걸 아버지가 알았더라면 무슨 말을 했을까요?

올림푸스 몬스에도 목매달 나무가 있는 거냐?

아버지는 이렇게 농담하셨을 거예요. 그리고 예전을 떠올리며 회한에 잠기셨겠죠.

그날 이후 아버지가 다시 맞이해야 했던 20여 년의 겨울은 우리에게 봄밤 같았어요. 아버지가 눈 쌓인 마당을 쓸 때마다 질색하는 표정을 지었던 것 기억나세요? 어머니와 저는 창가에 서서 그 모습을 가만히 바라보고 있었죠. 따뜻하고 보드라운 나날이었어요. 삶은 눈 속에 파묻혀도 기적처럼 따뜻해지는 때가 있나 봐요.

아버지 기일에 제사를 지낼 생각이에요. 화성을 자유롭게 거니는 중인 아버지의 영혼은 그날 밤에 이곳을 방문하겠죠. 아버지는 평소 자신의 기일을 자주 깜빡했던 저를 떠올리며 웬일인가 하실 거예요. 그리고.

아버지의 영혼은 어머니 곁으로 다시 돌아갈 거예요. 그건 의심하지 마세요. 별빛이 되어, 혜성의 빛나는 꼬리가 되어, 잘게 부서진 운석이 되어 지구로 돌아갈 거예요. 어머니가 싫다고 해도 말이에요.

퍼플이 담쟁이덩굴을 식물 재배용 컨테이너에 심었다는

걸 뒤늦게 알았어요. 언젠가 제가 들려준 아버지 이야기를 기억하고 있었던 것일까요?

초록빛의 담쟁이덩굴이 화성의 붉은 대지를 타고 오르는 모습을 상상해보세요. 그것이 섣부른 제 열망의 초상화 중 하나예요. 살면서 이토록 간절히 원했던 것이 있나 싶어요.

퍼플을 포함한 구조대는 내일 오후쯤 사고 현장에 도착할 예정이에요. 구조대는 건조하고 삭막하고 거친 산길을 쉼 없이 달렸어요. 때론 두 발로 걸으며 표면의 안전성을 먼저 확인하기도 하면서요.

구조대를 위해 기도해주세요. 그리고 핑크를 위해서도.

P.S. 아버지 제사상에 오를 음식은 토마토수프 조금일 거예요. 중요한 일은 아니에요. 겨울 아침에 제가 만든 토마토수프는 아버지를 실망시킨 적이 없잖아요.

보낸 사람: 그레이

2068년 11월 10일 오후 12:37

받는 사람   UNMMO 4차 선발대 팀장

참조   UNMMO 유럽 사무소 소장, UNMMO 다양성 및 기회 균등 사무소
소장

숨은 참조   퍼플

화성 99일 차

4차 선발대 팀장님께,

'플랫 원'에서 열리는 첫 번째 행사가 4차 선발대 환영식이라는 것은 우리에게도 큰 영광입니다. 이제 한 달쯤 남았군요.

4차 선발대의 숙소도 완공 단계에 이르렀습니다. 화성에 다량으로 존재하는 현무암 암석 표면에 거대한 동굴을 뚫어 만든 마스 케이브Mars Cave, 화성 지하의 얼음으로 건물 외부를 두른 마스 이글루Mars Igloo, 화성과 우주에 버려진 우주 쓰레기를 재활용해 만든 마스 라바Mars Lava.

마스 케이브는 산소와 물 공급을 목적으로 한 지하 인공 빙하를 만들 수 있는 공간 확보, 마스 이글루는 지하가 아닌 지상 생활이라는 점, 마스 라바는 팽창형 모듈 형태, 자원 재활용과 환경 정화라는 측면에서 장점을 지녔습니다. 그리고 셋 모두 계단이 없다는 공통점을 가졌죠. 이것이

우리가 화성의 첫 번째 도시 이름을 '플랫 원^{Flat One}'으로 정한 이유였습니다.

인류 역사상 가장 오래된 도시로 알려진 팔레스타인 예리코에도 계단이 존재했습니다. 높은 곳에 있는 신을 우러르고 영접하러 가기 위한 수단. 천상과 지상과 지하를 잇는 통로. 그러나.

계단 위에 있는 것은 신이 아닌 인간이었습니다. 위에서 아래를 내려다보며 다른 이들에게 복종을 요구하는 인간. 누군가 자기 옆에 나란히 서는 것을 거부하는 인간. 하지만 우리와 다를 바 없던 인간. 계단은 벽이고 차단막이었습니다.

18년 전, 제가 살던 동네의 낡은 마을버스들을 재생 가능한 에너지를 활용하는 버스로 모두 교체하는 정책이 시행될 때, 아버지는 기대감이 클 수밖에 없었습니다. 지금껏 마을버스는 아버지의 휠체어를 허용치 않는 교통수단이었기 때문입니다. 계단의 가파름은 차치하더라도 휠체어를 접지 않고서는 버스 문을 통과조차 할 수 없었죠. 올라탈 수 없는 교통수단이라니……. 그것은 아버지의 영혼에 상처를 주는 모순적 장치에 불과했습니다.

아버지가 나들이를 나설 때 느꼈던 첫 번째 감정은 언제나 낭패감이었습니다. 오르고 내리기 어렵다는 막막함. 나들이는 아버지를 곤욕과 수치심에 빠뜨리는 단어였습니다. 아버지의 휠체어 스포크가드에 그려져 있던, 거친 창공을 나는 알바트로스들의 모습은 아버지의 헛된 바람에 불과했습니다.

아버지는 새로운 버스를 보고 깜짝 놀랐습니다. 확연하게 크고 넓어진 차체 때문에 놀랐고, 그럼에도 불구하고 여전한 문의 크기 때문에 또 놀랐습니다. 이전보다 커지긴 했지만, 문은 여전히 휠체어가 접히기를 강요하고 있었습니다.

아버지는 세상의 진보와 과학의 발전이 언제나 일부를 위한 진보와 발전이라는 의심을 끝내 떨쳐버리지 못한 채 돌아가셨습니다. 화성으로의 여행이 먼 미래의 일이 아니라 바로 눈앞까지 다가왔던 무렵에 말입니다. 화성에서의 캠핑을 위한 장비가 예약 판매되기 시작했을 때, 병상에 누워 있던 아버지는 자신의 휠체어를 자선단체에 기부하기로 결심했습니다.

모든 건물에 계단을 없앤 것은 공간 효율성을 떨어뜨릴 수는 있겠지만, 모두가 자유롭게 오갈 수 있다는 장점에 비할 바는 아닙니다. 그것은 화성의 도시들이 가진(불평등과 차별의 바벨탑처럼 우뚝 서 있는 지구의 도시들과 다른) 가장 큰 특징이자 자랑이 될 겁니다.

계획된 대로 앞으로 일주일간 구조대를 제외한 나머지

팀원들이 각각의 공간에 순차적으로 머무르며 거주 테스트를 할 예정입니다.

개인적으론 마스 이글루에 대한 기대가 제일 큽니다. 마스 이글루는 건물 외면에 이중으로 두른 화성의 빙하가 태양 방사선을 포함한 우주 방사선을 차단하고, 굴절된 자연광 유입을 통해 화성 지표면에서의 생명체 활동 가능성을 높여줄 수 있는 구조물입니다(지구인들이 먹다 남긴 아이스크림처럼 녹여버린 빙하의 잠재력과 능력은 우리의 상상력을 상회합니다). 그러나 얼음 상태를 변함없이 유지하는 데 많은 에너지가 들어간다는 단점이 있죠.

거주 테스트를 통해 셋 중 가장 높은 점수를 받은 방식을 뽑은 후, 다음 건물은 그 방식을 택해 계속 짓는 것이 가장 합리적일 겁니다. 그러나 대단지 아파트처럼 단조로움은 피할 수 없겠죠.

3D 프린터의 건축 기술은 놀랍습니다만, 이것이 가능성의 확대를 의미하진 않습니다. 화성에서의 거주는 수많은 포기와 수긍을 전제로 하는 것에서 출발합니다. 화성의 역설은 더 많은 것을 포기할 때 우리의 생존율이 높아진다는 점입니다. 그러나.

우리는 생존을 위해 과연 어디까지 포기할 수 있을까요? 부드러운 햇살이 쏟아지는 숲속에서 슬며시 고개 들어 눈을 감아보는 순간을 포기할 수 있을까요? 그리고⋯⋯.

—

　방금, 구조대가 핑크의 실종 지점에 도착했다는 연락이 왔습니다. 구조대는 무장한 채로 접근 중입니다.

[RE]

받는 사람 퍼플

참조

숨은 참조

화성 101일 차

퍼플,

나는 외계인이 인류보다 진화한 존재였으면 좋겠어요. 나는 그들이 우리보다 똑똑한 존재이길 희망해요. 비교도, 경쟁도 할 수 없을 만큼 말이죠.

이유는 하나예요. 외계인이 그런 존재라면 전쟁엔 승자가 없다는 사실을 인류보다 더욱 잘 이해하고 있을 것이기 때문이에요. 인류보다 뛰어난 존재라면 전쟁의 어리석음과 자기 파괴적 성격을 모를 리 없어요.

전쟁을 소재로 한 소설을 비롯해 수많은 예술작품과 역사서, 그리고 전쟁 당사자들의 증언이 가리키는 바는 똑같았어요. 승리한 국가와 민족과 종족은 존재할 수 있지만 개인은 오로지 패배한다는 것, 낯선 타자를 죽임으로써 패배하고, 낯선 타자에게 죽임을 당함으로써 패배한다는 것, 전쟁의 결과와 상관없이 커다란 고통과 상처 속에서 살아갈 수밖에 없다는 것.

이득을 보는 소수가 존재할 수도 있겠죠. 조지 오웰은 스페인 내전을 다룬 소설 『카탈로니아 찬가』에서 말해요. 전쟁의 가장 끔찍한 특징 가운데 하나는 증오를 설파하며 전쟁을 일으키는 이들이 언제나 총알과 진창으로부터 수백 킬로미터는 떨어진 곳에 있는 것이라고.

나는 이 소수를 '진화에 실패한 외계인'이라고 생각해요. 그들은 자기 종족의 생명을 하찮게 여기는 질 낮은 외계인에 불과해요.

우리에게 가장 끔찍한 상황은 진화에 실패한 외계인, 인류와 비슷하거나 그보다 낮은 수준을 가진 외계인과 조우했을 때 발생하게 될 거예요. 전쟁을 사양할 만큼 똑똑하지 않을 테니까.

핑크와 예아, 지반 붕괴의 흔적을 찾을 수 없다는 점은 절망과 희망을 함께 내포하고 있다고 생각해요.

전쟁이 터졌을 때, 사람들을 가장 끔찍한 공포와 공황으로 몰아넣는 건 죽을지도 모른다는 두려움과 더불어 통신의 두절이라는 이야기를 들은 적이 있어요. 가족의, 연인의, 친구의 생사를 확인할 수 없다는 것. 죽었다는 절망감도, 살아 있다는 안도감도 느낄 수 없는 상황. 핑크의 실종이 우리에게 안겨주는 것이 바로 그런 감정이겠죠.

긍정적 측면은 외계인의 개입 가능성이 더 커졌다는 거예요. 실제로 외계인의 소행이라면, 이들은 우리보다 진화한 존재일 거예요. 섬광을 제외한 일체의 증거를 남기지 않는 면밀함을 지녔고, 동시에 그것을 가능케 하는 과학기술을 보유한 것이니까.

이들은 핑크를 해하지 않을 거예요. 애완동물로 삼을 수는 있겠죠. 중요한 일은 아니에요. 사랑하고 아껴주고 보살펴줄 테니까(내가 슬픔 속에서 이 글을 쓰고 있다는 점을 잊지 않길 바라요).

구조대가 올림푸스 몬스 정상에 오르는 것이 아닌, 실종 지점 일대를 더 탐색하는 데 가용 자원을 쓰기로 한 것은 훌륭한 선택이었다고 생각해요. 구조대의 결정에 나머지 사람들도 동의하고 있어요.

빠른 시기에 핑크를 포함한 우리 모두가 다 같이 웃는 얼굴로 함께할 수 있기를 기도해요.

받는 사람 UNMMO 아시아 사무소 소장

참조 UNMMO 대외협력팀장

숨은 참조 GG 선생님, 마담 프레지던트, H

화성 117일 차

소장님,

구조대가 돌아왔습니다.

예정보다 며칠 더 수색했지만 핑크와 관련된 흔적은 결국 발견하지 못했습니다.

식량과 산소 잔존량을 고려하면 현재로서는 외계인에게 납치당한 것이 가장 희망적인 시나리오일지도 모르겠습니다. 정찰 드론은 올림푸스 몬스 일대를 계속 탐색하고 있고, 후속 방안은 논의 중에 있습니다.

이를 성과라 말하긴 그렇지만, 구조대가 가져온 좋은 소식도 있습니다. 구조대로 나섰던 퍼플과 실버 사이에 아이가 생겼습니다.

급박하고 혼란스러운 상황임에도 두 사람이 화성 출산 프로토콜에 따른 임무를 게을리하거나 저버리지 않았다는 것에 많은 동료들이 감탄과 찬사를 보내고 있습니다.

알려진 대로, 우주에서의 성관계는 크게 세 가지 어려움이 따랐습니다. 중력이 낮아 밀접 접촉에 어려움이 있다는 것, 혈압이 낮아져 발기 상태를 유지하기 어렵다는 것, 프라이버시를 보장할 만한 공간이 부족하다는 것이죠.

그럼에도 불구하고 두 사람이 놀라운 성과를 거둔 것에 저 역시 입을 다물지 못하고 있습니다. 우리 중 유일하게, 실버의 짝인 블루만 평온한 얼굴입니다. 그래서 한 번 더 놀라게 됩니다.

[RE]

받는 사람　　H

참조

숨은 참조

화성 120일 차

　친애하는 H에게,

　하얀 우주복을 입은 채 올림푸스 몬스 정상에 두 발로 우뚝 서 있는 사람은 핑크가 틀림없었어. 핑크의 머리 뒤편으로는 해가 지고 있었는데, 마치 핑크를 위한 후광처럼 보였지. 그리고.

　핑크가 손에 쥐고 있는 건, 아니나 다를까, 국기가 매달린 깃발이었어. 욕이 절로 나왔지. 굳이, 저렇게까지……. 핑크의 머리를 테처럼 두른 황금빛 후광이 허무하고 비루하게 느껴졌어.

　핑크가 깃발을 올림푸스 몬스 정상에 꽂는 순간, 지구에서는 수많은 미사일이 지상에 꽂힐지도 몰라. 올림푸스 몬스를 중심으로 한 화성 영토 전쟁의 서막이 열리게 되는 거지.

　내가 가장 걱정하는 점이 바로 이거야. 지구인들과 연관된 우주 전쟁은 우주에서의 일로 끝나지 않아. 우주 전쟁의 전장은 지구로 확대될 거야. 그럴 수밖에 없겠지.

생존의 막다른 골목길에 접어든 지구 국가들과 각각의 이해집단, 그리고 문명들 간의 충돌은 출구를 찾기 어려울 거야. 지구 곳곳에서 터지는 미사일 소리가 화성에서도 들릴 만큼 걷잡을 수 없을지도 모르고. 지구인들은 회복할 수 없는 상처를 입을 거야. 그리고 화성 이주 계획의 장기적 전망은 거대한 블랙홀을 마주하게 되겠지.

화성인들의 자립은 수많은 시간을 전제로 해. 지구의 판다처럼, 수십 년, 수백 년이 걸리겠지. 인류와 판다의 차이점이라면, 판다가 인류 때문에 그러한 처지에 놓였다면, 인류는 저 스스로를 그 자리로 걷어차버렸다는 거야(풀 한 포기 홀로 자랄 수 없는 화성의 미래를 희망과 낙관 속에서 말하며 투자를 권유하는 사람이 있다면, 사회보단 감옥에 침실을 마련해주는 게 나아).

아무튼, 나는 미사일 폭발음을 환청처럼 들으며 핑크를 공허한 표정으로 바라봤어. 깃발이 바닥에 꽂히기 직전이었지. 그런데 그 순간, 핑크는 깃발을 꽂지 않고 바닥에 눕혀놓았어. 그리고 천천히, 날아오르듯 춤을 추기 시작했지.

내가 제대로 본 것이 맞다면, 핑크의 춤은 발레 〈돈 키호테〉의 키트리가 처음 등장할 때 추는 춤이었어. 폴짝폴짝 가볍게 뛰어오르고, 빙그르르 돌고, 이리저리 돌아다니며 자신의 아름다움을 사람들에게 뽐내는 동작이랄까.

놀라운 광경은 그게 끝이 아니었어. 어디서 본 듯한 번개 같은 섬광이 갑자기 번뜩이더니(짐작했겠지만, 맞아, 핑크가 사라질 때 정찰 드론 카메라에 포착된 바로 그것이었어) 거대한 판다가 마치 무대에 오른 것처럼 올림푸스 몬스 정상에 나타나 핑크와 함께 춤을 추기 시작했어. 선술집 주인의 딸 키트리와 이발사 바질이 자신들의 결혼식장에서 추는 춤이었지.

그리고 마지막으로 놀라운 광경. 춤이 끝나자 핑크가 앞을 바라보며 꾸벅 머리를 숙이더니 천천히 헬멧을 벗기 시작했어. 그리고 말했지.

보고 싶었어요.

그 말을 한 사람은, 헬멧을 벗고 얼굴을 드러낸 사람은 핑크가 아니라 퍼플이었어.

내가 번뜩 꿈에서 깼을 때, 내 눈앞에 있는 사람도 퍼플이었지.

퍼플은 나를 보며 속삭였어.

사랑해요.

이건 정말 꿈이 아니었어…….

사실, 지금은 어떤 게 꿈이고, 어떤 게 현실이었는지 구분하기 어려워. 진짜 그래. 나는 미쳐가고 있는 것일까?

P.S. 외계인이 판다처럼 생긴 것일까? 아니면 판다가 외계인을 닮은 것일까?

어쩌면 둘이 같은 존재인지도 몰라. 어쩔 수 없이 고향을 떠나 이곳저곳을 떠돌아다닐 수밖에 없는 운명을 타고난 이들.

시간이 나면 판다를 한 번 몰래 관찰해봐. 만약, 판다가 밤하늘을 뚫어지게 바라보고 있다가 주변에 누가 있진 않는지 꼼꼼히 살펴본 다음 〈돈 키호테〉의 바질처럼 빙그르르 돌고 풀쩍 뛰어오른다면…….

받는 사람   UNMMO 외계국 국장
참조
숨은 참조   Y&B

화성 123일 차

외계국 국장님께,

화성 지하에서 끌어올린 액체 상태의 물에서도 아직은 유의미한 결과를 얻지 못했습니다. 모기를 끔찍이 싫어하지만, 모기 유충 같은 것이라도 발견된다면, 차후에 제 피를 조금 나눠줄 수도 있을 것 같은 심정이에요.

외계인과 외계 생명체가 가장 좋아하는 놀이는 숨바꼭질일 것이 틀림없습니다. 이들은 인류를 숨바꼭질의 술래로 여기고 있어요(아시다시피 저는 그들의 존재를 의심하지 않습니다).

UFO를 목격했던 사람들이 자주 이야기하는 '강한 빛', '용광로처럼 밝은 빛'은 핑크가 실종되는 순간에도 있었습니다. 그러나 곧 사라졌고, 다시 나타나지 않았죠.

이건 인류에게 불리한 게임입니다. 우주는 숨을 곳이 너무 많아요. 인류가 결코 다다를 수 없을 것 같은 공간도 존재하고요. 게다가 우리가 초조해할수록 그들은 더욱 꼬리를 감출 겁니다. 숨바꼭질은 그런 놀이니까.

우리는 좀 더 느긋해질 필요가 있어요. 우리가 꼭 술래일 이유도 없습니다. 그들도 우리가 궁금하니 드문드문 나타났다가 다시 줄행랑을 치는 것이 아니겠습니까? (지난 세월, 국장님과 공동 UFO 네트워크Mutual UFO Network 회원들의 열정과 헌신으로 만들어진 자료들은 화성의 도서관 메인 서고에 자리 잡아야 마땅합니다.)

우리가 그들이 찾을 수 없는 곳으로 숨어버리는 것도 하나의 전략이 될 수 있습니다. 공수교대를 하는 것이죠. 중요한 일은 아닙니다. 우리가 그들에게, 그들이 우리에게 가진 호기심이 결코 사라지지 않을 것이라는 사실이 중요하죠. 문제는 시간이지, 다른 건 아닐 겁니다.

UNMMO의 많은 사람들이 우리가 핑크를 찾는 데 시간과 자원을 계속해서 쓰는 것을 반대하는 중이라고 들었습니다. 화성에 인류의 유토피아이자 피난처를 만들기 위한 초석을 쌓는 것 같은, 더 중요한 임무가 있다는 것이겠죠. 그렇게 생각할 수도 있을 겁니다. 그러나.

이들이 간과하는 점이 있습니다. 유토피아는 합리성과 효율성으로 무장한 생각과 제도가 만드는 것이 아니라는 사실입니다. 신의 권위에 도전할 만큼 발전된 과학 기술이 만드는 것은 더더욱 아니고요.

유토피아는 마음이 만듭니다. 모든 존재를 소중히 여기려는 의지, 모두가 나와 동등한 존재라는 의식이 유토피아의 초석입니다. 이 당연한 전제를 제쳐두고 완성한 것을 유토피아라 부를 수는 없습니다.

우리의 결정은 화성에 유토피아를 건설하는 일에서 조금도 벗어나 있지 않습니다. 정확히 그 길을 따라가고 있습니다. 이렇게 말할 수도 있어요. 우리는 지구의 사회와 국가가 갔던 길을 따라가지 않음으로써 올바른 방향으로 들어설 수 있었다고.

무엇보다 실종된 핑크를 찾는 일은 외계인의 실체를 확인할 수 있는 가장 빠른 길이 될 수도 있습니다. 그렇게 되면 지동설이 발표되었을 때보다 세상을 더 깜짝 놀라게 하겠죠. 국장님께서 오랫동안 품어왔던 간절한 바람이 드디어 보답받게 되는 것입니다.

저는 국장님께서 이런 우리의 결정에 힘을 보태주시리라는 점을 의심한 순간이 단 한 번도 없습니다.

[RE]

받는 사람　Y&B

참조

숨은 참조　퍼플

화성 124일 차

Y님 그리고 B님께,

1845년, 북서 항로를 개척하기 위해 에러버스호와 테러호를 이끌고 영국을 떠난 존 프랭클린은 1847년 5월 해빙에 갇힌 이후, 대원 128명과 더불어 지금까지도 그 종적이 묘연합니다.

그와 일부 병사들의 죽음을 서술한 일기가 발견되기도 했지만, 그들의 무덤과 항해일지, 당시 사건의 전말을 전하는 기록은 아직 나타나지 않았습니다. 그래서 생겨난 것이 프랭클린과 탐험 대원들의 발자취를 뒤쫓는 '프랭클리나이트franklinites'입니다.

프랭클리나이트들은 빙하 대부분이 녹아버린 지금도 여전히 존재합니다. 이들은 프랭클린 탐험대의 항로를 따라가며 그들의 흔적을 찾으려는 일을 멈추지 않고 있습니다.

저희는 핑크를 포기하지 않았지만, 핑크를 찾는 일에 저희의 모든 역량을 다 쏟아붓는 중이라고 말할 수는 없습니다. 그것은 부인할 수 없는 사실입니다. 저희를 향한 두 분의 분노는 온당합니다.

두 분에게 핑크가 어떤 자식이었는지, 그리고 핑크가 어떤 사람이었는지, 화성에 어떤 과정을 거쳐 오게 되었는지, 두 분만큼은 아니겠지만 저희 역시 잘 알고 있습니다.

핑크는 자신의 감정에 솔직한 사람이었습니다. 제 얼굴을 볼 때마다 혀를 차곤 했죠. 자신이 정말 싫어하는 이성 타입이라는 게 이유였습니다. 그러나 저는 핑크를 미워하지 않았습니다. 통통하니 귀여운 타입을 싫어한다는 게 신기할 따름이었습니다…….

핑크는 망설임과 주저함을 결단의 원동력으로 삼을 수 있는 사람이었습니다. 핑크는 화성의 대지를 제일 처음으로 밟았고, 담수화한 화성의 물을 제일 먼저 마셨으며, 화성에서 기른 감자를 제일 먼저 먹었습니다. 그리고 그 감자로 매쉬드 포테이토를 만들었습니다. 저는 매쉬드 포테이토가 맛이 없을 수도 있다는 것을 그때 처음 깨달았습니다.

핑크는 어린 시절, 부모님이 자신에게 했던 이야기를 저희에게 들려주었습니다. 넌 우리의 '배터리 충전기'라고, 무선 배터리 충전기는 아니라고, 그래서 우리는 널 매일 꼭 껴안아야 한다고. 핑크는 그렇게 부모님이 꼭 껴안아주고 나서야 잠들 수 있었다고 했습니다.

저희는 올림푸스 몬스가 있는 쪽을 바라볼 때마다 핑크에 대한 이야기를 나눕니다. 핑크가 저희에게 들려주었던 이야기, 저희가 핑크에게 했던 이야기, 저희가 함께 경험했던 이야기, 그리고 지금 핑크가 겪고 있을지도 모를 이야기……

프랭클린 탐험대의 실종이 인류를 상상과 모험의 세계로 이끄는 이야기가 된 것처럼, 저는 핑크의 실종 역시(독단적 행동임에도 불구하고 최고봉을 향한 여정은) 그런 이야기가 되어가고 있다고 생각합니다. 핑크는 이미 잊을 수 없는 이야기, 잊어서는 안 되는 이야기로 저희 마음속에 자리 잡고 있습니다.

솔직함은 많은 경우 일을 그르칩니다. 저도 잘 알고 있습니다. 그러나 화성의 저 차갑고 비정한 어둠 속을 바라보고 있노라면, 희망을 선뜻 말하는 것이 결코 바람직한 일이 아니라는 점 또한 분명해집니다. 그러나.

저희는 핑크를 포기하지 않습니다. 왜냐하면 이야기는 죽지 않기 때문입니다. 이야기는 전해지고 또 전해지며 삶을 이어나갑니다. 소설가 이언 매큐언은 소설의 본성이 '영원히 지속되는 현재 시제를 사는 것'이라 말했습니다. 소설처럼, 핑크는 우리에게 언제나 '현재 시제'일 것입니다. 그리고.

화성에서 살아갈 저희와 저희 이후의 세대들은 핑크의 이야기와 더불어 올림푸스 몬스 정상으로, 그 너머의 또 다른 세계로 탐색과 탐험을 이어나갈 것입니다.

핑크가 멀쩡한 모습으로 돌아와 이 이야기의 결말이 뻔해진다면 오히려 실망할지도 모르겠습니다. 중요한 일은 아닙니다. 저희는 이 실망감을 기꺼이, 격정적으로, 축복으로 받아들일 것입니다.

시인 에밀리 디킨슨은 「이 세상이 마지막은 아니에요 This World is not Conclusion」라는 시에서 이렇게 노래했습니다.

이 세계가 끝은 아니고.
저 너머에 또다른 종이 있으니—
음악처럼 보이지 않아도—
그러나 소리처럼 확실하게—

저 너머에 있을지도 모를 핑크의 목소리를 끝내 다시 들을 수 없게 된다면, 저희는 분노와 슬픔과 웃음과 노래로 핑크를 애도하고, 또 애도할 것입니다. 그리고 핑크는 사라지지 않는 이야기 속에서, 두 분과 그리고 저희와 함께 살아갈 겁니다.

[RE]

받는 사람   R

참조

숨은 참조

화성 125일 차

사랑하는 R에게,

당신과 불륜을 소재로 한 영화를 함께 볼 때마다 내가 무슨 생각을 가장 많이 했는지 알아? 당신이 내 생각을 결코 알아서는 안 된다는 생각.

불륜은 치명적이지만 그 이상으로 매력적인 사태처럼 느껴졌어. 부딪히면 깨질 수밖에 없는 그릇 두 개가 서로를 향해 전력으로 돌진하는 느낌이랄까. 영화에서 두 주인공이 선을 넘나드는 장면이 나올 때마다, 나는 나와 부딪혀 박살 날 그릇이 될 사람의 모습을 떠올렸어.

대부분의 사람이 하는 착각을 나도 하고 있었던 것 같아. 영화가 현실이 된다면, 그 주인공은 다른 누구도 아닌 당연히 바로 나일 것이라는 생각 말이야. 그러나, 실제 현실에선 당신이 부딪혀 깨지고, 나는 그 파편에 맞아 상처 입는 쪽이었지.

서로에게 얻을 수 없는 것을 얻으려 했던 관계가 지속되기는 어려운 일이야. 그래서 우리 부부는 조력자가 각각 필요했지. 단, 사랑에 빠지지 않을 수 있는.

사랑에 빠지지 않는다? 사랑은 폭풍우 치는 바다 위의 배와 같은 것 아닌가? 고요하고 싶어도 고요할 수 없는. 게다가 잔잔한 바다 위의 배도 파도에 젖기는 마찬가지지. 우리 둘 다 모르고 있던 사실은 아니었어.

감정이 논리와 윤리의 길만 따르지 않는다는 점은 인간에게 저주 같은 축복이자 축복 같은 저주야. 그래서 이별이 먼저고 다른 사랑이 다음이냐, 다른 사랑이 먼저고 이별이 다음이냐 하는 문제는 중요하지 않아. 아니, 제일 중요한 문제는 아냐(이해하고 납득하면서도 다칠 수밖에 없는 게 우리의 영혼이니까. 나도 한동안 가위에 자주 눌려 반야심경을 틀어놓곤 했었어). 제일 중요한 문제는 그 이후의 태도지.

당신은 쓰러진 나한테 최선을 다했어. 내가 스스로 일어설 수 있는 시간도 줬고. 나는 그러지 못했을 거야.

두 사람의 이름 아래 태어날 아기에게 축복이 깃들기를 바라. K에게도 안부를 전해줘. 건강관리 잘하라고. 우리가 함께할 수 없던 일이 당신에게 가장 커다란 기쁨을 주는 일이라는 점은 유감스럽지만, 내가 어찌할 수 없는 일로 괴로워할 필요는 없겠지.

당신 부부가 아이를 가진 시기에 나도 그와 비슷한 상황에 놓이게 돼 묘한 기분이야. 우주 저편에서 정체를 알 수 없는 혜성이 나를 향해 빠른 속도로 다가오는 것을 바라보고 있는 느낌이랄까? 행운을 상징하는 푸른빛과 불운을 상징하는 붉은빛을 모두 품고 있는 혜성이 말이야.

퍼플과 식사할 때, 너무 급하게 먹지 말라는 조언, 새겨들을게. 열까지 숫자를 세면서 음식을 씹는 연습을 하는 중이야.

예정대로 출산하면 당신 부부의 아이는 '양자리'일 거야. 화성의 수호를 받는 별자리. 아이가 당신만큼 뜨겁고 쾌활한 사람으로 자라기를 바랄게.

P.S. 어제 퍼플이 이런 말을 했어. 태어날 아이는 우리의 아기이기도 하다고. 실버와 잠을 자는 도중에 나를 생각하고 떠올렸다는 뜻일까? 중요한 일은 아냐. 실버도 우리 관계에 대해서 잘 알고 있어.

받는 사람   UNMMO 의장

참조   UNMMO 유럽 사무소 소장

숨은 참조

화성 127일 차

의장님,

4차 선발대가 불시착한 곳으로 1차 구조대가 출발했습니다. 현재까지 정찰 드론이 확인해준 내용은 보나 4호의 파손된 선체뿐입니다……

UNMMO 본부 그리고 우리와도 교신이 되지 않고 있다는 사실이 그 이상의 의미만은 가지지 않기를 바랄 뿐입니다. 저희는 '화성 태양 접합'이 일어난 시기라는 것에 희망을 걸고 있습니다. 그 시기에는 종종 무선 신호가 손상되기도 하니까요.

저를 포함한 2차 구조대는 1차 구조대의 상황 보고 이후 출발할 예정입니다. 2차 구조대의 임무는 보급선의 물품을 최대한 확보하는 것을 목적으로 두고 있습니다.

받는 사람   BS

참조

숨은 참조   퍼플

화성 134일 차

BS에게,

클라우드^{Mrn. Cloud}가 네가 기른 사과를 나한테 건넬 때, 나는 클라우드에게 말했어. 울지 마세요. 클라우드는 내 얼굴을 바라보며 말했어. 울지 마세요. 우리는 상대방의 말을 들어줄 수 있는 상태가 아니었어.

마스 이글루에서 의식을 차렸을 때, 클라우드는 직감했다고 했어. 자신이 4차 선발 대원 중 유일한 생존자라는 사실을 말이야(클라우드는 보급선 추락 지점에서 수백 킬로미터 떨어진 곳에 불시착한 크루 캡슐^{Crew Capsule}에서 구조됐어).

클라우드는 최연소 선발 대원이야. 네 살 때부터 우주비행사가 되고 싶다는 꿈을 가졌고, 열여덟 살 때 우주 비행 자격과 관련 인증을 받았지. 자신이 하고 싶은 일과 자신이 해야 할 일이 무엇인지 잘 알고 있는 사람이야. 잘해낼 수 있는 사람이기도 하고.

4차 선발 대원들은 급박한 상황에서도 클라우드의 안전

을 위해 할 수 있는 모든 조치를 했어. 보급품을 보호하기 위한 노력도……. 네가 보내준 사과는 일부 보급품과 함께 크루 캡슐 안에 필사의 흔적처럼 보관돼 있었어.

1년 후 4차 선발 대원 모두와 함께 다시 지구로 돌아가려 했던 계획.

8차 선발대에 모두 다시 합류할 수 있으리라는 기대.

훗날 삶의 마지막은 화성에서 다 같이 할 수 있었으면 좋겠다는 바람.

이 모두가 화성의 먼지 폭풍 속에 파묻혔지. 클라우드는 마치 우주의 미아가 된 기분이라고 했어.

고아가 아니라 미아가 되었다는 것. 우리 역시 정확히 그런 감각이었어. 길을 잃은 사람들. 그러나.

클라우드가 건넨 검붉은 사과(앤디 워홀이 그린 〈스페이스 프룻: 애플 200 Space Fruit: Apples 200〉 속 사과처럼 불길한 기운이 감돌았어)를 쥐고 있을 때 나를 사로잡은 생각은, 내가 그리고 우리가 지금껏 예측할 수 없는 삶을 통과하며 계속 연습했던 것이 있다는 점이었어.

길이, 희망이 보이지 않아도 살아가는 방법. 나이를 먹는다는 것은 이런 연습에 좀 더 익숙해지는 것이지 다른 무엇은 아니었던 거야. 그리고.

삶은 빛을 닮았어. 파동과 주기를 가진 거지. 흔들리지 않는 삶은 없다는 것, 별이 빛나지 않는 밤은 없듯(구름이 가리고 있을 뿐이지), 희망이 보이지 않는 것이 곧 절망은 아니라는 것, 절망이 곧 끝은 아니라는 것, 끝났다고 여긴 곳에서 다시 시작할 수 있을지도 모른다는 것. 삶에 단 한 가지 진실이 있다면 바로 이것이 아닐까?

우리는 4차 선발 대원의 희생을 헛되이 하지 않아야 한다는 또 다른 의무가 생겼어. 우리가 해야 하는 일은 사실 정해져 있던 거나 마찬가지야.

최선을 다해 먹기. 최선을 다해 자기. 그리고 끈질기게 생각하지 않기(희망 없이도 사는 방법은 생각을 저 멀리 쫓아내는 기술과 유사해).

나는 클라우드에게 사과를 쪼개 반쪽을 건넸어. 내 것이 조금 더 크긴 했어. 중요한 일은 아냐. 내가 클라우드보다 좀 더 무게가 나가긴 하니까.

네가 보내준 사과는, 클라우드와 내가 나눠 먹은 사과는, 뿌리 뽑힌 채로 우주 공간을 헤매던 우리의 영혼을 다시 제자리로 돌려놓을 만큼 맛있었어. 외계인도 무장해제시킬 수 있을 것 같았지.

나는 클라우드에게 제안했어. 지구로 다시 돌아갈 수 있을 때까지 사과나무를 길러 보는 건 어떠냐고. 우리가 먹었던 사과나무의 씨앗으로 말이야.

인간 삶의 이러한 전형성, 내일 세상이 멸망하더라도 오늘 사과나무를 심겠다는 지리멸렬한 희망의 외침이 어쩌면 우리 삶을 더 특별하게 만드는 것인지도 모르겠어.

[RE]

받는 사람   5차 선발대 선장
참조
숨은 참조   퍼플
첨부파일   알팔파카레.JPEG, 감자술.JPEG

화성 139일 차

  선장님,

  5차 선발 대원들의 동요는 당연합니다. 화성이 지구인들을 온몸으로 거부하는 것 같은 느낌을 떨쳐버리기 쉽지 않겠죠. 지구로 우주선을 돌리고 싶은 마음을 이해하지 못할 사람은 없을 겁니다. 저를 제외하면.

  중요한 일은 아닙니다. 저만 알고 있는 화성의 매력이 있지만, 남들에겐 그렇게 느껴지지 않을 수도 있으니까. 그래도 지구인들이 누릴 수 없는 장점인 것만은 분명해요.

  소설가 제임스 설터가 자신의 아내인 케이 설터와 함께 쓴 『위대한 한 스푼』을 보면, 특별한 음식과 술에 빠져 상식에 어긋나는 말과 행동을 한 역사적 인물들을 꽤 많이 만날 수 있습니다.

  고전 오페라 작곡가로 〈세빌리아의 이발사〉 같은 작품

을 썼던 로시니(별명이 '이탈리아의 모차르트'였죠)는 서른 중반쯤 돌연 작곡을 그만뒀습니다. 그리고 요리에 전념하다시피 했죠.

로시니는 사람들을 집에 초대해 함께 요리를 즐기곤 했는데, 어느 날 느닷없이 약속을 취소했습니다. 자신이 정말 좋아하던 정어리들이 배달된 날이었죠.

로시니는 사람들에게 취소 사유를 이렇게 전했습니다. '정어리들과 호젓이 있고 싶다.' 그 정어리들을 손님과 나눠 먹지 않고 혼자 독차지하고 싶었던 거죠(자신의 정부에게는 한 마리를 줬다는 풍문도 있긴 합니다).

영국의 리처드 1세는 십자군 원정 때, 키프로스에 상륙한 후 맛본 '나마'라는 와인 때문에 영국에서도 그 와인을 마실 수 있다면 기꺼이 (전쟁을 치르지 않고) 영국으로 귀국하겠다고 말했습니다.

상상하기 어려우시겠지만, 화성에도 정어리와 나마처럼 위대한 인물들을 미혹에 빠뜨릴 만한 음식과 술이 존재합니다.

화성에서 자란 알팔파와 감자, 그리고 토마토를 넣어 만든 카레에는 화성 대지 특유의 강렬한 풍미가 배어 있어요. 마치 독특한 향신료가 첨가된 마그마가 혀를 감싸는 느낌이랄까요? 지구인들과 나눠 먹기 아까울 만큼 아주 특별한 맛입니다.

화성산※ 감자와 누룩을 사용해 만든 감자술은 지구로의 귀환을 포기하고 싶을 만큼 독특한 산미를 자랑합니다. 단 전까지 파고드는 시큼함이랄까요? 감자술로 취한 밤에는 하늘 위의 수많은 별이 눈앞에서 폭죽처럼 터지는 듯한 감각을 경험할 수 있습니다.

노벨문학상을 수상한 작가들인 해럴드 핀터와 사뮈엘 베케트는 둘 다 건강 상태가 양호한 편이 아니었음에도 파리에서 새벽 네 시까지 함께 술을 마신 후 양파수프로 해장을 했습니다. 훗날 사뮈엘 베케트는 호흡기 질환(1989), 해럴드 핀터는 식도암(2008)으로 사망했는데, 그날 양파수프가 아니라 화성산 토마토수프로 해장을 했더라면 좀 더 오래 살았을지도 모릅니다. 화성산 토마토수프는 화려한 성운 같은 맛입니다. 깊이를 측정할 수 없는 부드러움 속에 새콤달콤함을 품고 있죠. 그리고.

화성의 모든 요리에 들어가는, 30억 년 된 암석에서 추출한 소금을 빼놓을 수 없을 겁니다. 화성산 소금이 끌어올리는 감칠맛은 우리의 내장에 별자리처럼 새겨집니다.

특별한 음식과 술에 빠져 정신 나간 선택을 한 위대한 인물이 될 수 있는 삶이 선택지에 있다는 건 운이 좋은 축에 속하는 것 아닐까요? 그러나.

위대한 인물이 중요한 건 아닙니다. 위대한 여정이 중요하죠. 위대한 여정이 위대한 인물을 만듭니다. 그 반대는 드물고. 위대한 인물은 홀로 위대해지려 하죠. 반면, 위대한 여정은 위대한 인물이 되고픈 욕망을 갖지 않은 사람도 절로 위대함으로 이끕니다.

모든 선발 대원들은 그 위대한 여정을 함께하고 있다고 생각합니다. 하늘의 별이 된 선발 대원들 역시도…….

한 달쯤 후, 5차 선발 대원들이 화성에 착륙하는 날, 우리는 뜨거운 눈물로 위 음식들을 준비할 겁니다. 우리가 5차 선발 대원들을 위해 할 수 있는 일은 이와 같이 하찮지만, 모두 함께 성찬을 즐길 수 있는 그날이 올 것이라는 우리의 믿음은 구상성단처럼 성스럽고 돌아오는 혜성처럼 확고합니다.

[RE]

받는 사람　　UNMMO 정신건강 자문의

참조

숨은 참조　　퍼플, 마담 프레지던트

화성 143일 차

　자문의 선생님께,

　화성에서는 우울한 감정이 몸을 가라앉히는 중력보단 위로 밀어 올리는 부력처럼 작용하는 것 같아요. 실존적 감각이 부유하는 느낌이랄까요.

　햇살이 부드럽게 몸을 감싸던 날들은 단순히 날씨가 좋은 날들이 아니었어요. 삶의 이유가 되는 날들이었죠. 지구인들은 아무리 비참한 상태라도 뿌리치기 어려운 삶의 이유 하나를 가지고 있는 겁니다. 이보다 더 큰 축복은 없어요.

　동굴 형태의 마스 케이브가 마스 이글루, 마스 라바보다 높은 점수를 받은 것은 제 기대와 다른 결과이긴 합니다. 각각의 공간에서 짧게라도 생활해보니 저는 마스 이글루의 장점인 지상 생활과 햇살을 포기하기는 어려울 것 같거든요.

커다란 변수가 생기지 않는다면, 앞으로 지어질 건물들은 마스 케이브의 구조를 따르게 될 겁니다. 화성인들의 주요 생활공간이 동굴과 지하가 될 것이라는 예측은 많았지만, 실제로 그런 상황을 마주하니 벌써부터 눈이 침침해지는 기분이에요.

저희 중 다수가 마스 케이브에 높은 점수를 준 것은 다른 무엇보다 안전성을 중요시했기 때문입니다. 마스 이글루는 정전 시 우주 방사선에 노출될 위험이 있었고(짧은 순간이지만 한 차례 정전이 발생했어요), 마스 라바는 먼지 폭풍에 취약한 면을 보였죠. 자연적 한계를 뛰어넘는 건축물은 무결점의 기술만큼이나 오만한 환상이었던 것일까요?

결과적으로 우리는 약 180만 년 전, 인류 초기 조상들의 거주 공간이었던 동굴로 돌아가게 되었어요. 이렇게 해석할 수도 있겠죠. 인류는 오랜 시간 동굴에서 살다 간신히 밖으로 나왔으나 자기 잘못으로 인해 다시 동굴로 숨어들게 되었다고.

일종의 회귀 본능이 작용한 것일까요? 아니면 인류에게 부드러운 햇살은 감당 못 할 사치였던 것일까요?

환자가 우울함을 호소하면 밖으로 나가 햇빛을 맞으며 산책하라고 종용하던 박사님의 레퍼토리도 이제 바뀌어야 할 때가 됐습니다.

동굴 안에서 크게 노래를 불러라?

삶은 선택의 과정이 아니라 포기의 과정이라는, 오래된 교훈이 떠오르는군요. 선택할 수 있는 것은 대개 하나고, 포기해야 될 것은 언제나 그보다 많죠. 그러나 햇살이 포기의 대상이 된 상황에 적응하려면 생각보다 더 긴 시간이 걸릴 겁니다.

마냥 우울하지만은 않아요. 약 180만 년 전 인류가 살았던 가장 오래된 거주지의 이름은 '본데르베르크Wonderwerk'였죠. '기적의 동굴'이라는 뜻을 가진.

지금으로부터 약 180만 년이 지난 후, 우울증을 앓는 누군가가 박사님의 책에 쓰인 충고에 따라 햇빛을 맞으며 한가롭게 밖을 거닐다가 최초의 마스 케이브를 발견하게 된다면, 이를 이렇게 부를 수도 있겠죠. 화성의 본데르베르크. 빛이 없는 어둠 속에서 기적을 만들어 나가던 초기 화성인들이 살았던 곳.

아, 어쩌죠?

그렇게 생각하니 갑자기 더 우울해지는군요. 어둠 속에서 기적 따위를 일궈야 하는 삶이라니……. 중요한 일은 아니에요. 마스 케이브가 남향이긴 하니까.

P.S. 즐거운 성탄절 되시길 바랍니다. 신의 사랑은 무차별적이라 무신론자들을 위한 기적도 준비해두셨을 거예요.

보낸 사람: 그레이

2068년 12월 29일 오후 4:44

[RE]

받는 사람   애니멀 안테나 인터내셔널^^^사 미주 지부장

참조

숨은 참조   어머니

화성 148일 차

지부장님께,

달걀에 금이 가기 시작했을 때, 전에 없던 세계가 탄생하는 순간이라는 생각이 들긴 했습니다. 환희와 불안을 동시에 느끼면서요.

우리가 하고 있는 일의 의미는 제가 이해하고 감당할 수 있는 수준을 넘어선 것 같았습니다. 한동안 멍하니 있을 수밖에 없었죠. 그러나 한 가지는 분명해 보였습니다. 화성에서는 '닭이 먼저냐, 달걀이 먼저냐?' 하는 해묵은 논쟁이 사실상 무의미해졌다는 것입니다.

닭과 달걀 중 닭이 먼저라는 연구 결과가 발표된 적이 있긴 합니다만, 이후에도 논란은 그치지 않았죠. 그러나 냉동 보존된 달걀의 부화로 인해 적어도 화성에서는 답이 명확해졌습니다. 닭이 아니라 달걀이 먼저입니다. 중요한 일은 아닙니다. 달걀에서 부화한 닭이 살아갈 세계가 화성

이라는 점이 중요하겠죠.

애니멀 안테나의 책임자 일원으로서 지부장님이 가진 고뇌는 이해합니다. 저희 역시 동물을 수단으로 여긴 혐의에서 자유롭지 않을 겁니다. 그러나 달걀의 부화는 향후 화성이 인류와 동물이 공존하는 행성으로 나아가는 데 결정적 역할을 하게 된 사건임은 틀림없습니다.

무엇보다 이 달걀들은 4차 선발대가 목숨으로 품었던 것이라 해도 과언이 아닙니다. 우리에게 달걀의 부화는 4차 선발대의 부활이나 마찬가지였습니다.

달걀이 부화한 지금, 우리는 한층 더 복잡한 심정을 느끼고 있습니다. 우리 중 일부는 부화한 닭이 또 다른 달걀을 낳고, 그 달걀이 다시 부화하고 성장해 달걀을 낳는다면, 그 달걀로, 그리고 닭으로도 요리를 해 먹을 것이기 때문입니다. 저도 그 일부이고요.

잘 아시다시피 동물이 아닌, 동물의 알을 보급선에 싣기로 한 것은 지난한 타협의 결과였습니다. 당분간이라는 단서가 달려 있긴 합니다만, 포유류를 우주로 보내지 않는다는 결정도 뒤따랐고요.

여러 알들은 윤리적인 문제들을 최소화하고, 회피할 수 있는 대상이었습니다. 개운함은 부족하더라도 말입니다. 현재로서는 이 정도가 인류의 지성과 윤리 의식이 도출한 제일 앞줄의 결과일 겁니다.

저 역시 갈팡지팡했지만 지금은 나름의 정리를 마쳤습니다. 저는 닭과 달걀을 사랑으로 품을 것이고, 닭과 달걀을 감사하게 먹을 것이고, 그리고 죽은 후에는 닭의 모이가 될 겁니다.

저의 또 다른 고민은 과연 인간이 포유류를 곁에 두지 않고 살아갈 수 있을까, 하는 점입니다.

아니, 고양이 없이도 행복한 삶이 가능할까요? 고양이 없는 세계가 아름다울 수 있을까요?

지구에서 저와 함께 살았던 고양이 '흰눈'과 '둥'은 제가 불러도 곁에 잘 오지 않았습니다. 중요한 일은 아니에요. 제가 아플 땐 늘 곁에 있어 줬으니까. 고양이가 없으면 상처 입은 우리의 몸과 영혼은 누구에게 위로를 받아야 할까요? 아버지가 돌아가신 후 어머니는 담장을 넘어 다니며 집 마당에서 햇볕을 쬐던 고양이들에게 늘 고마워했습니다. 마치 자신의 영혼이 데워지는 기분이라면서. 그러나.

우리는 고양이 없는, 포유류 없는 세계를 감당해야 할 겁니다. 이 역시 또 다른 의미에서 아름다운 세계를 만드는 과정의 일부라는 믿음 안에서 말입니다.

P.S. 지구에서 저와 함께 살았던 고양이 '흰눈'과 '둥'

은 운이 좋았던 건지도 모르겠습니다. 제가 화성으로 떠나기 몇 해 전, 지병과 노화로 각각 먼 길을 떠났기 때문입니다. 중요한 일은 아니에요. 살아 있었더라도 원치 않는 과정을 통해 화성에 데려올 생각은 전혀 없었으니까.

[RE]

받는 사람　　UNMMO 우주 센터 국장

참조　　UNMMO 아시아 사무소 소장, UNMMO 외계국 국장, UNMMO 대
외협력팀장

숨은 참조　　마담 프레지던트

화성 149일 차

우주 센터 국장님께,

방금 저희 레이더에도 화성으로 접근 중인 미확인 비행물체가 포착됐습니다. 5차 선발대도 조금 전 인지를 한 것으로 보입니다. 스텔스 기능을 탑재한 이 우주선의 목적지가 화성이라면, 5차 선발대보다 먼저 착륙할 가능성이 큽니다.

접촉을 계속 시도하고 있지만, 마찬가지로 반응이 없습니다. 외계인일 가능성과 지구인일 가능성 모두 열어두고 있습니다.

당장은 어느 쪽이 우리에게 더 위협으로 작용할지 판단하기 어렵습니다만, 지구인일 경우 문제가 더 복잡해질 겁니다. 통제 불가능해진 지구의 상황을 드러내는 단적인 사례이기 때문입니다.

실제로 그렇다면, 이런 일이 다시 또 일어나리라는 점을 예측하기란 그리 어렵지 않습니다. 우리가 예측할 수 없는 것은 지구인들이 가진 탐욕의 크기입니다.

관련 프로토콜이 없는 상황에서 우리가 할 수 있는 일은 한 가지뿐인 듯합니다. 기다리는 것. 어쨌든 착륙은 성공하길 바라는 것. 20여 일 전후로 판가름이 날 듯합니다.

지구인들이 타고 있다면, 이렇게 말해주고 싶습니다. 새치기는 우주에서도 불쾌한 일이라고.

보낸 사람: 그레이
2069년 1월 3일 오전 1:01

받는 사람   H
참조
숨은 참조

화성 153일 차

　친애하는 H에게,

　공허한 진공 상태, 하릴없이 떠다니는 무중력 상태만을 상상하며 화성에 온 것은 아니지만 이렇게 다채로운 일이 생길 줄은 몰랐어. 수명이 단축되지 않으려면 인간의 욕망을 과소평가하는 습관은 진작 버려야 했어.

　식물 재배용 컨테이너 안에 있을 때 마음이 제일 편안해. 식용 식물이 자랄 자리 일부에 관상식물을 심은 것은 호사스러운 선택이 아니었어. 화성에서 관상식물은 오감의 퇴화를 막는 마지막 보루야. 별은 만질 수가 없고 향기도 없으니까. 인간은 포만감만으로 살 수 없다는 사실을 절절히 실감해.

　백일홍, 해바라기, 봉선화가 꽃을 피운 걸 최근에야 발견했어. 진즉에 개화했지만 이전에는 이렇게 바라볼 여유가 없었던 거지.

　정원 가꾸기에 진심이었던 소설가 카렐 차페크는 정원

사가 12월이 되어서야 마침내 깨닫는 사실이 있다고 했어. 지난 11개월 동안 자신의 정원을 바라보고 감상하지 않았다는 것.

가꾸고 기르는 데 온통 신경을 쓰다 보면 정작 그렇게 노력한 이유를 잊게 된다는 의미였지. 나도 그랬던 거 같아. 그래서 요즘은 일부러라도 더 여유를 가지기 위해 노력 중이야.

우리는 해야 할 일이 있지만, 절망적인 상황을 곁에 두고도 즐거움을 찾고 누리려는 노력 역시 우리의 또 다른 의무라는 생각이 들어. 화성에 살아갈 또 다른 이들은 우리의 즐거움을 보고 배우고 발전시켜 나가야 할 테니까.

며칠 전, 클라우드와 함께 사과나무 씨앗을 심었어. 다들 결과에는 회의적이야. 그러나 실은 어떻게 될지 모르겠다는 것이 더 정확한 표현이겠지. 클라우드는 나무에 관해 노래한 시를 들려줬어.

숲에는 오래된 열쇠들이 꽂혀 있습니다
땅의 문을 열기 위하여◦

우리는 우주의 비밀이 담긴 문을 열기 위해 노력 중인 거지.

오늘은 퍼플과 식물들 사이를 거닐었어. 말없이 걷다가 나는 클라우드가 알려준 시를 들려주었어. 그리고 덧붙였지. 사과나무는 무럭무럭 자라 열쇠가 될 거라고, 그 열쇠로 땅의 문을 열 수 있을 거라고, 그곳은 화성에서 태어날 아기들의 울음 같은, 생명의 고동 소리로 가득할 거라고,

마침 주변에 있던 실버가 내 말을 듣곤 소스라치게 놀라며 소리쳤어.

너무 느끼해요!

실버의 짝인 블루는 코웃음을 치더군.

중요한 일은 아냐. 우리 넷은 함께 웃었어.

상상할 수 없던 상황 안에서 나는 식물 같은 욕망을 키워나가고 있어. 우리 넷이 하나의 숲이 될 수도 있지 않을까 하는…….

식물을 바라볼 때 마음이 편안해지는 이유는 식물의 가장 큰 욕망이 숲을 이루고 싶은 것이어서가 아닐까 싶어. 홀로 우뚝 서는 것이 아니라 그 속의 일원이 되고 싶다는 것. 스며들고 어울리고 나란히 서는 존재가 되기를 원한다는 것.

이를 생명의 욕망이라고 불러도 될 거야. 생명의 욕망은 약육강식, 적자생존 따위에만 갇혀 있지 않아. 홀로 존재하는 생명은 삶의 의미를 찾을 수 없을 테니까. 혼자서는 영원히 불완전할 수밖에 없는 우리의 존재와 이를 이해하

고 받아들이는 여백의 마음들이 자라 숲이 되는 것이겠지.

　그러나 현재, 우주 저편에서는 정체를 알 수 없는 거대한 욕망의 덩어리 같은 것이 우리를 향해 다가오고 있어. 뜨거우면서 차갑고, 부드러우면서도 거친 모습으로 말이야. 좋은 것인지 나쁜 것인지 이상한 것인지는 닥쳐봐야 알겠지. 그날이 얼마 남지 않았어.

4

보낸 사람: 그레이
2069년 1월 10일 오후 1:13

[RE]

받는 사람   UNMMO 의장

참조   UNMMO 아시아 사무소 소장

숨은 참조   퍼플

화성 160일 차

의장님께,

여러 가지 의미가 있겠지만, 오늘부로 화성이 마침내 산 자가 죽은 자들보다, 무덤보다 침대가 많은 행성이 되었다는 점이 무겁게 다가오는군요.

3차 선발 대원 18명, 4차 선발 대원 1명, 5차 선발 대원 20명, 태아 3명(5차 선발대의 캔디Mrn. Candy와 주스Mrn. Juice가 좋은 소식을 갖고 왔더군요), 우주 유령 39명 그리고 실종자 1명.

지구에 '살았던 인류'가 현재 '살고 있는 인류'의 열다섯 배가량(약 1,070억 명)인 것을 생각하면 오늘 화성은 인류 입장에서 갓 태어난 아기 같은 행성으로 거듭난 것이나 마찬가지입니다. 우리는 플랫 원의 첫 번째 입주자들로서, 플랫 원에서 '살다 간 이'가 '살아 있는 이'보다 몇 배 이상 많아질 수 있도록 계속 노력해야겠죠.

'살다 간 이'를 기억하는 일도 중요합니다. 이들을 기억할 때, 도시의 영혼은 더욱 풍요로워지고, 도시의 뿌리 역시 한층 더 깊어지게 될 테니까요. 그러나.

이런 기억을 지우려는 지구인들과 도시들이 있었죠. 안타깝지만, 이들과 이들 도시의 미래는 공허 속에 부유하고 오르막길에서 재차 미끄러질 수밖에 없을 겁니다. 어느 도시가 무언가를 계속 부수고 지워나가며 어수선함을 떨쳐버리지 못한다면, 결정권을 가진 정치인과 그를 지지하는 사람들의 지적 수준과 윤리적 감수성이 평균 이하일 것이라 봐도 무방합니다.

아, 그러고 보니 화성의 인구 계산에 빠진 게 있군요. 플랫 원에서 436킬로미터 떨어져 있는 지점에 착륙한 스텔스 우주선.

그 우주선에서 보낸 것으로 추정되는 정찰 드론에 대한 보고를 받으셨을 겁니다.

설마 하는 마음이었지만, 공개 석상에서 대마초를 공개적으로 즐기던 남자가(대마초는 문제가 아니에요. 이 남자는 이전부터 정신이 나가 있었으니까) 경영하는 우주 탐사 기업 S의 로고를 정찰 드론에서 발견했을 때의 심정은 분노보다는 착잡함에 가까웠습니다. 과거, 남자가 장담한 대로 스텔스 우주선 안에는 우리와 같은 사람들이 타고 있을 겁니다.

민간 기업의 개입으로 화성은 '사회'에서 '시장'으로 빠르게 축소될 위기에 처했습니다. '사회'를 계속 지워나가며 '시장'만 남기려 했던 이들의 목표가 성공적으로 달성된 세계는 이미 존재합니다. 지구. 화성의 가장 끔찍한 미래는 더도 덜도 아닌 지구입니다. 그러나.

　화성은 지구의 '오래된 미래'가 될 가능성을 여전히 지니고 있습니다. 저와 블루가 접선을 위해 곧 출발할 예정입니다. 저들의 목적을 파악하는 것이 급선무겠죠.

　저들은 또 '자유'를 언급하겠지만, 미국 서부 개척 시대의 총잡이들처럼 탐욕과 파괴를 프런티어 정신의 근간이 되는 용기와 결단력으로 착각 중인 상황만은 아니었으면 좋겠군요.

받는 사람   UNMMO 아시아 사무소 소장
참조
숨은 참조   R, 어머니

화성 163일 차

소장님께,

익명의 독자에게 아래와 같은 질문을 받은 지 140여 일만에 답장을 쓸 수 있었어요.

왜 소설가가 다른 누구보다 먼저 화성에 가야 하는 겁니까?

그는 약간 화가 나 있는 것처럼 보였습니다. 너 혹시 JC 니?(JC는 학창시절 저와 유일하게 주먹다짐을 한 친구였습니다), 라는 농담으로 답장을 시작하면 어떨까 싶었지만, 계속 망설이게 되더군요.

소설가가 먼저 가면 안 될 이유가 있습니까, 라고 되묻는 것도 나쁘지 않은 방법이었어요. 그러나 이건 그분에게 제 고민을 떠넘기는 비겁한 짓이었죠.

저도 잘 모르겠습니다, 라고 솔직하게 답변할 수도 있었을 거예요.

화성 이주의 역사를 충실히 기록하고자 한다면 역사학

자나 기자가 소설가보다 적합할 것이고, 문명사적으로 고
찰하고자 한다면 철학자가, 예술적으로 표현하고자 한다
면 시인과 음악가와 미술가가, 아름다움과 실용성의 조화
속에 두고자 한다면 디자이너가, 데이터화하고자 한다면
개발자가 더 낫겠죠. 그리고 이빨이 너무 아프면 살기가
싫어지니 치과 의사가, 머리카락은 때가 되면 잘라줘야 하
니 미용사가……

이들보다 소설가가 잘할 수 있는 일은 당연히 소설을 좀
더 잘 쓰는 것일 텐데, 이게 과연 화성에 먼저 가야 하는
이유가 될까, 하는 의문은 여전히 저를 붙들고 있어요.

제가 3차 선발대로 뽑힌 이유 중에는 어린 시절부터 이
곳 화성으로 오기 전까지, 몸이 불편한 아버지와 함께 생
활한 이력도 있을 거예요. 아버지와 비슷한 상황을 겪은
선발 대원들과 의사소통하고, 협력해 일을 하는 것에 있어
좀 더 수월한 부분이 있을 테니까요. 그러나 소장님은 제
가 오랫동안 아버지를 돌본 사람으로서만이 아니라, 소설
가로서도 화성에 가야 한다고 말씀하셨죠. 이유는 속시원
하게 말씀해주시지 않은 채로.

지금 생각해보면, 소장님 역시 저처럼 확신을 주저하게
만드는 무언가가 계속 목에 걸려 있기 때문이 아니었을까
싶군요. 중요한 일은 아니에요. 다른 어떤 직업이었더라도
한두 가지쯤은 그런 것이 있을 테니까.

저는 소설가라는 직업의 중요성보다는 소설이 인류에게 어떤 의미이고, 어떤 역할을 할 수 있느냐 하는 문제를 고심했어요. 그리고, 며칠 전, 익명의 독자에게 이렇게 답장을 보냈습니다.

많은 사람이 소설을 읽던 시대와 요즘처럼 대다수가 소설을 읽지 않는 시대 중 선생님께서는 어느 시대에 살고 싶으신가요?

저는 전자이지만 선생님에게 그것을 강요하고 싶지는 않습니다. 다만, 저는 인류가 소설을 읽지 않음으로써 잃게 되는 무언가가 분명히 있다고 생각하는 사람입니다. 그리고 지구인일 때, 인류가 다시 소설과 가까워질 수 있도록 노력하였듯, 화성인으로서도 그러한 일을 하고 싶어 하는 사람입니다.

소설은, 우리가 떠나온 세계, 우리가 머무르는 세계, 우리가 가보지 않은 세계, 우리가 잃어버린 세계, 우리가 소유 중인 세계, 우리가 새롭게 얻을 수 있는 세계, 우리가 사는 곳과는 다른 세계, 우리가 사는 곳보다 나은 세계를, 문자를 통해 상상하고 이야기하는 장르입니다.

저는 동료들과 함께 이러한 이야기의 세계를 탐험하고 경유하고 통과하며 화성을 좀 더 나은 곳으로 만들어나가려 합니다. 저는 어지간해선 꼼짝도 하지 않는, 변할 기미조차 보이지 않는 '현실'과 인간의 이기적인 본성을 강조하며 세상을 늘 그 자리에 붙들어두려는 사람들이 늘어난 때와 소설을 읽는 사람들이 줄어들기 시작한 시기가 겹치는 것을 우연이라고 생각하지 않습니다. 그러나.

이것이 제일 중요한 일은 아닙니다. 쓸모없는 것, 시시하고 소소한 것, 그저 이야기이기만 한 것, 이런 것들이 그렇지 않은 것들만큼 중요하고 의미 있다는 점을 증명하는 것이 제일 중요한 일입니다. 인류가 잃어버린 것이 바로 그런 것들이고, 이를 통해 인류가 당도한 곳이 현재의 삭막한 지구이기 때문입니다.

늦은 밤, 전등 아래서 다음 페이지에 나올 이야기를 궁금해하며 소설을 읽던 시절이 선생님에게도 다시 꿈결처럼 내려앉기를 바라겠습니다.

> P.S. 이미 그러고 있고, 앞으로도 그럴 생각이시라면, 죄송합니다. 소설과 함께한 나날들이 어릴 적 소풍처럼 소중한 기억으로 남으시기를, 소설과 함께할 나날들이 새로운 미래와 희망을 쏘아 올리는 일처럼 반짝이기를, 이 붉은 모래의 행성에서 두 손 모아 기원하겠습니다.

[RE] [RE]

받는 사람   UNMMO 외계국 국장
참조
숨은 참조   퍼플

화성 165일 차

외계국 국장님께,

국장님의 실망감과 허탈감을 충분히 이해합니다. 그래도 너무 화내지 마시고 조금 더 여유를 가지고 기다리다 보면 조만간……

당장 저들을 감옥에 처넣고 싶으시겠지만, 우주법에 구멍이 여전히 많은 상황이니 엉덩이를 걷어차서라도 지구로 돌려보내기보다는 차분히 대응하는 게 현재로서는……

그나마 위안이라면, 외계인과 저들의 공통점이 있다는 것입니다. 도무지 속을 알 수 없다는 것. 중요한 일은 아닙니다. 죄송합니다. 어떻게 위로의 말씀을 드려야 할지 모르겠군요. 외계인과 조우한다면 반드시 산 채로…….

알베르 카뮈는 점점 혼탁해지는 세상에 피로감을 느끼

며 이렇게 탄식했습니다. 세상이 미쳤거나 아니면 우리가 미친 것인데, 어느 쪽이 더 견딜 만할 것인지 모르겠다고.

저는 답을 알고 있습니다. 후자가 나아요. 미친 사람은 지옥을 천국으로 여길 수도 있으니까. 그러니 오늘 밤은 정신을 잃으실 만큼 취하는 게…….

어쨌거나 외계인에게로 향한 우리의 안테나는 계속 작동 중입니다.

P.S. 잔뜩 기대감만 키워놓고 허무하게 끝나버린 소설 같다고 욕하셔도 할 말이 없습니다. 제 소설을 그렇게 평가하는 독자들도 있었으니까요. 중요한 일은 아닙니다. 그들은 소설을 중간에 덮지 않고 끝까지 읽은 사람들입니다. 혹시 모를 반전과 여운을 고대하면서. 그건 끝까지 봐야 알 수 있는 거죠. 마지막까지 말입니다.

[RE]

받는 사람   UNMMO 비상훈련 팀장
참조   UNMMO 아시아 사무소 소장
숨은 참조   퍼플

화성 169일 차

훈련 팀장님께,

스텔스 우주선에서 크림슨^{Mrn. Crimson}과 마주했을 때, 아이보리가 떠오르지 않았다면 이상한 일이겠죠.

선천적 시각 장애를 가지고 있던 아이보리와 실험실에서 근무하다 발생한 산업재해로 인해 시각을 잃은 크림슨은 3차 선발 대원 모집 과정에서 치열하게 경쟁한 사이였어요. 누구보다도 서로를 잘 이해하는 관계이기도 했고요.

아시다시피 최종 선발 대원 명단에 아이보리는 있고, 크림슨은 없었습니다. 둘 중 하나를 떨어뜨려야 할 이유는 없다고 들었지만, 다양성을 고려한 판단이라는 점을 부정하기는 어려웠죠. 두 사람 모두 자격이 충분하다고 여긴 사람은 저 외에도 많았습니다. 팀장님은 전략적 사고에 능했던 크림슨을 아이보리보다 조금 더 높이 평가하셨죠.

아이보리의 주요 임무 중 하나는 우주선과 화성 기지 내에 불이 꺼지는 비상사태가 발생했을 때, 다른 이들을 안전하게 보호하는 것이었습니다(어쩌면 우리는 항시 비상 상태였는지도 모르죠).

깜깜한 우주와 화성에서 아이보리는 우리보다 더 잘 보고, 더 잘 판단할 수 있는 사람이었습니다. 은유적인 표현이 아니라 말 그대로였죠. 아이보리를 잃었을 때, 우리는 불 꺼진 방에 홀로 남은 어린아이가 된 것 같았습니다.

크림슨 역시 그 역할을 훌륭히 해낼 사람이었습니다. 우주 탐사 기업도 이를 잘 알았으니 크림슨에게 접근하고 화성행을 제안했겠죠.

크림슨은 거부하기 어려웠을 겁니다. 화성은 자신의 능력을 최대한 발휘할 수 있고, 또 자신의 모습을 있는 그대로 인정받을 수 있는 행성이었을 테니까.

스텔스 우주선 대원들은 자신들과 우리가 충돌하는 일은 없을 것이라 장담했습니다. 자신들의 임무가 무엇인지 말하지는 않았지만, 굳이 따져 물을 필요는 없었어요. 게일 크레이터 일대를 관광 및 거주단지로 조성하기 위한 사전 정지작업이겠죠. 후속 우주선도 조만간 도착할 것으로 보였습니다.

상호 불가침 조약이라도 맺고 싶은 마음이었습니다만, 크림슨이 저에게 아이보리의 안부를 묻자 한 가지 어두운 아이디어가 떠오르더군요.

크림슨은 아이보리와 관련된 소식을 모르고 있었어요. 주변 동료들이 관련 사실을 숨겼을 수도 있겠죠. 크림슨이 받을 충격은 다른 이들보다 훨씬 더 컸을 것이 분명하니까. 그러나.

저는 망설이지 않고 아이보리의 죽음을 전달했습니다. 크림슨은 무덤덤한 표정이더군요. 중요한 일은 아닙니다. 그러다 곧 실신했으니까. 우리는 정신을 잃은 크림슨을 뒤로한 채 스텔스 우주선을 서둘러 빠져 나왔습니다.

비상훈련 때마다 팀장님은 늘 말씀하셨습니다. 언제 어디서나, 어떤 상황에 처하더라도 우리가 아주 중요한 일을 하고 있다는 생각을 잊지 말라고, 그래야 목표를 달성하기 위한 수단을 가리지 않게 될 거라고. 존 르카레의 소설에도 그런 충고를 하는 등장인물이 있었죠. 거기에 한 가지 더 추가할 수도 있을 거예요. 그런 암시가 깨질 수 있으니 절대 일기를 쓰지 말라고.

저는 이런 충고에 따라 크림슨에게 메모를 남겼어요. 크림슨의 우주복에 달린 방사능 측정기 주머니에 몰래 넣어 뒀죠. 크림슨은 그걸 보고 무슨 생각을 할까요?

받는 사람   UNMMO 아시아 사무소 소장
참조
숨은 참조   퍼플

화성 169일 차

소장님께,

크림슨을 포함해 스텔스 우주선에 탑승한 우주비행사 열다섯 명 중 여섯 명은 얼굴을 아는 사람들이었습니다. 소장님도 반가워하셨을 거예요. UNMMO 선발 대원 모집 과정에서 아쉽게 고배를 마신 이들이었으니까.

우주 탐사 기업 S와 소속 대원들은 아주 유능하게 일을 진행하고 처리했습니다. 저는 저들에게 찬사를 아끼지 않았어요. 건투도 빌어주었고. 중요한 일은 아닙니다. 크림슨에게 우리 쪽에 합류 가능하다는 점을 몰래 알렸거든요. 그리고.

아이보리가 크림슨에게 사과하는 유언을 남겼다는 말도 흘렸습니다. 임무를 중도 포기해 미안하다고, 역시 나보다는 당신이 더 적임자였다고.

아이보리의 임무를 대신할 사람으로 크림슨만큼 적합한 사람은 없다고 생각합니다. 그리고 크림슨은 우리의 제안을 거절하기 어려울 거예요. 공익을 위해 선택한 배신은 역사에 기록되지만, 그러지 않으면 무명의 악인으로 잊히거나 운이 나쁠 경우 진술서에 행적이 기록될 테니까.

상품성 높은 관광 자원이자 티타늄, 철, 니켈 같은 광물 자원도 풍부한 게일 크레이터와 올림푸스 몬스 일대가 저들의 첫 번째 목표일 겁니다. 저들은 올림푸스 몬스 정상에 깃발을 꽂고 어쩌면 울타리도 두르려 하겠죠. UNMMO와 지리멸렬한 법적 다툼이 벌어지는 동안 또 다른 우주 탐사 기업과 야욕에 눈이 먼 일부 국가들도 빈틈을 노릴 거고요.

다들 저와 비슷한 생각이었는지, 등반대를 서둘러 꾸리고 최대한 빨리 출발해야 한다는 데에 동의했습니다. 그린을 중심으로 꾸려진 등반대는 공식 절차를 밟은 후에 올림푸스 몬스 일대를 공공 구역으로 남기기 위한 여정을 떠나게 될 거예요.

올림푸스 몬스 정상 최초 등반이라는 상징적 의미 역시 무시할 수 없을 겁니다. 올림푸스 몬스 정상에 제일 먼저 꽂힌 UNMMO의 깃발은 특정 집단과 개인의 숭고한 도전을 통한 성취가 아니라 '공공성의 회복과 치유'를 오래도록 가리키게 될 거예요. 그러나.

결과가 어떻든 현재의 씁쓸한 감정은 사라지지 않을 거 같군요. 화성 이주 계획에 지원할 때, 제가 가장 두려워한 것은 엉겁결에 조우하면 어쩌나 싶은 외계인들이었습니다. 그러나 가장 두려워해야 할 대상은 따로 있었어요. 지구인들. 제 생각이 모자랐던 것이죠. 중요한 일은 아닙니다. 저에게 지구인은 덜 진화한 외계인에 불과해졌으니까.

플랫 원의 발전 속도를 염두에 두면, 한동안 화성이 지구의 거부^{巨富}들을 위한 슬럼 투어^{Slum Tour}의 대상이 될 가능성도 배제할 수 없을 겁니다. 저들은 우리를 판다처럼 구경한 후 자신들만을 위해 지은 지구의 거대 지하 벙커로 다시 돌아가, 플랫 원이 삶의 터전으로서 충분히 무르익을 때까지 기다리겠죠.

가시적 세계인 동물원에서 우리가 정작 바라봐야 하는 것은 동물을 물건처럼 전시한 인간의 잔인한 내면 같은 비가시적 세계였습니다. 우리가 그때 바라보지 못한 것들은 우리 곁에 영원히 남아요. 황폐하고 잔인한 우리의 내면과 끝내 작별할 수 없는 거죠.

> P.S. 별을 가리키기는 쉬워요. 내가 별이 되는 건 어렵고. 악당을 가리키기는 쉬워요(다들 이를 스포츠처럼 즐기기까지 하죠). 그 손가락을 내 쪽으로 돌려놓고 생각하는 것은 어려워요. 그러나 내 안에 작지만 반짝이는 별이 있다는 것을 기억하면, 모든 게 쉬워져요.

[RE]

받는 사람   어머니
참조
숨은 참조

화성 170일 차

어머니께,

블루와 예아를 타고 기지로 돌아오는 동안 많은 이야기를 나눴어요. 지구에서의 날들까지 포함하면 함께한 시간이 적진 않지만, 블루와는 개인적인 이야기를 나눌 만큼 가깝게 지내진 않았었죠. 그러나 현재는 말씀드렸다시피 블루의 짝이자 퍼플과 함께 출산을 도모한 실버처럼 서로를 같은 마을 주민 정도로만 여기기엔 상황이 조금 복잡해졌어요.

블루는 저의 성격, 취미, 취향, 정치적 성향, 그리고 일상적 습관 등을 세세히 묻더군요. 무심히 답을 했는데, 조금 후에 생각해보니 마치 입양 자격 심사를 받은 듯한 기분이었어요. 괜히 언짢더군요. 중요한 일은 아니에요. 온화한 면을 쥐어짜내서라도 부각하지 못한 아쉬움이 더 크니까.

그러다 이야기가 스텔스 우주선에서 봤던 생성형 AI 자율로봇에 대한 의견을 묻는 데까지 흘러갔어요. 그곳의 로봇은 우리 우주선의 것보다 좀 더 진화된 것이었는데 지적인 성인의 외형을 갖춘 채로 의학 서비스를 제공하고, 스마트팜을 관리하고, 목적지까지의 최적 코스를 계산하고, 외로움을 달래줄 대화 상대가 되고…….

저는 생성형 AI 자율로봇을 '결핍 많은 인간들을 상대하느라 평생 불면증에 시달릴 것 같은 불쌍한 존재'라고 정의했어요. 블루는 동의할 수 없다는 표정으로 자율로봇들을 상찬하며 '체온 없이도 온기를 전달하는 존재'라고 표현하더군요.

저는 이때다 싶었어요. 블루의 심기를 건드릴 기회였던 거죠. 저는 블루에게 물었어요.

로봇에게 육체노동을 맡기고, 인공지능에게 정신노동을 맡긴 다음, 인간은 도대체 어떤 존재가 되려는 걸까요? 희미한 실체를 지닌 채 허공을 부유하듯 떠다니는 신선? 실버처럼 정신적 교감 없이 아이만 만들고 다니는 욕망의 화신?

블루는 생성형 AI 자율로봇만큼 성숙함을 갖춘 사람이었어요. 빈정거림에 대처하는 방식이 본받을 만했죠. 블루는 슬쩍 웃더니 실버와 처음 만났을 때의 이야기를 들려줬어요.

각자 배낭여행을 다니던 두 사람은 중국 윈난성의 한 호

스텔에서 우연히 인사를 나눴고, 우연히 3일 동안 동일한 여정을 밟았으며, 우연히 서로가 화성을 여행하고 싶어 한다는 것을 알게 되었는데, 두 사람 모두 이 상황이 마치 필연처럼 느껴졌다고 했어요.

블루는 실버와의 여러 인연 중에서 두 사람이 윈난성에서 처음 만난 것을 지금은 가장 특별하게 여기고 있었어요. 블루는 저를 바라보며 단호한 눈빛으로 말했어요.

좋은 사회는 안전한 보육원 그 이상도 그 이하도 아냐. 괜찮은 성인은 모두의 보호자 그 이상도 그 이하도 아니고. 우리는 화성에서 그런 사회를 만들고, 그런 사람이 돼야 해. 새로운 사회와 인간을 발명하는 게 아냐. 모두가 '모두의 아이'가 되고, 모두가 '모두의 부모'가 되는 사회는 지구에도 존재했었어. 화성에서 새로 만들어질 모든 것들 역시 지구의 어떤 부분이 모체일 거야. 윈난성에는 중국의 소수민족 중 하나인 다이족(태족)이 살고 있었어. 이들의 특징 중 하나는 특별한 경우를 제외하곤 성姓을 없애고 이름만 쓰는 것이었어. 이곳 화성이 그러하듯, 사회 구성원 모두를 동등하게 대하려는 문화가 반영된 것처럼 느껴졌어. 실버가 그랬어. 그날 밤 자신과 퍼플이 나눈 이야기도 이런 것들이었다고. 두 사람은 이와 같은 명분 아래서 각자의 의무를 충실히 수행한 거 아닐까.

이어서 블루는 다소 장난기 가득한 말투로 덧붙였어요.

명분과 의무만 있었던 건 아니었을 거라고, 어색하지만 즐거운 시간이기도 했을 거라고, 우리도 그런 시간을 보내지 못할 이유는 없다고.

　실버와는 앞으로도 그리 가까운 사이가 될 것 같진 않아요. 중요한 일은 아니에요. 블루와는 서로의 은밀한 부분까지 공유하는 친밀한 관계가 되었거든요.

　　　　P.S. 퍼플이 어머니께 아이의 이름을 지어달라고 부탁하면 어떠냐고 묻더군요. 어머니께서 늘 손주를 보길 바라셨다고 말했거든요. 어머니 생각이 궁금해요. 이름 후보 몇 개를 보내주셔도 좋고요.

받는 사람   Y&B
참조
숨은 참조   퍼플

화성 175일 차

    Y님 그리고 B님께,

    화성의 어지러운 현실을 뉴스로 접하셨으리라 생각합니다. 들으신 대로 저를 포함한 소수의 선발 대원들은 올림푸스 몬스 등정에 다시 나선 상황입니다.

    얼음과 서리가 생성되고 사라지기를 매일 반복하는 기상 조건을 뚫고 우주 탐사 기업 S 소속 대원들보다 먼저 올림푸스 몬스 정상을 밟아야 하는 급박한 때이지만, 다행히도 우리에게는 커다란 힘이 되어주는 존재가 있습니다.

    핑크를 촬영한 드론 카메라 영상을 다시 꼼꼼히 확인해본 결과, 핑크는 이런 상황을 예상이라도 했다는 듯, 올림푸스 몬스 등반 시 마주한 주요 난관마다 자신의 뒤를 따르던 정찰 드론 카메라를 향해 수화로 정보를 전달해놓았습니다. 직진하라, 우회하라, 속도를 낮춰라, 산소 사용량을 줄여라, 조금만 더 힘을 내라…….

    잘못된 정보가 있기도 합니다만, 중요한 일은 아닙니다.

우주 탐사 기업 S 소속 대원들은 우리와 다른 방향에서, 우리보다 하루 일찍 등반을 시작했습니다만, 현재는 우리와 비슷한 높이를 유지하고 있습니다. 핑크가 개척한 루트가 없었다면 불가능한 일이었습니다.

UNMMO는 핑크가 개척한 루트에 '핑크 하이웨이^{Mrn. Pink's Highway}'라는 이름을 붙였습니다. 우리는 앞으로도 핑크 하이웨이를 따라 거침없이 나아갈 것입니다. 그러나.

그 과정에서 핑크와 관련된 조그마한 흔적이라도 발견한다면, 우리는 재촉하던 걸음을 멈춘 후 핑크의 현재를 추측하고 더듬을 것입니다. 우리는 그것이 우리가 올라야 할 올림푸스 몬스의 또 다른 정상이라 여기고 있습니다.

[RE]

받는 사람　UNMMO 의장

참조　UNMMO 아시아 사무소 소장, UNMMO 비상대책위원회

숨은 참조　퍼플

화성 177일 차

의장님께,

　UNMMO 선발 대원들의 올림푸스 몬스 등반에 반대하는 일부 국가들이 UNMMO에 대한 예산 지원을 중단하고 그와 관련된 UNMMO의 활동을 제한하려 나선 것이 뜻밖이진 않습니다. 선발 대원 중 몇몇은 출신 국가로부터 직·간접적인 압력을 받기도 했고요.

　일부 국가 입장에선 후일 우주 탐사 기업 S와 올림푸스 몬스 일대 사용 권리를 두고 협상하는 것이 강대국의 입김에 좌우되고, 정치적 이해관계가 복잡하게 얽힐 수밖에 없는 UNMMO의 의사 결정 과정을 거치는 것보다는 훨씬 나을 겁니다. 벌써 서로 간에 이야기가 오고 갔을 수도 있겠죠. 그러나.

　돈이면 그만인 상대만큼 협상하기 편한 대상은 없습니다. 이런 단순함이 우리에게도 기회입니다. UNMMO에

예산을 지원하고, UNMMO의 활동을 지지하는 국가에게 우리가 지금껏 수집하고 정리한, 화성 개발 시 필요하고 유익한 정보를 전폭적으로 제공한다는 역제안을 하는 것입니다.

그럼 다시 머리를 굴리는 부류가 나타날 겁니다. 우주 탐사 기업 S에게 자중을 요구하는 국가들도 있을 거고요.

당연히 UNMMO의 제안이 통과되지 않을 가능성이 그럴 가능성보다 월등히 높을 것입니다. 그러나 회원국들의 관심을 올림푸스 몬스 정상 등반 문제에서 그쪽으로 돌리는 것만으로도 충분한 효과를 거둘 수 있습니다. 우리에게 필요한 건 시간이기 때문입니다.

지난밤, 우리는 UNMMO 비상대책위원회가 제안한 두 트랙 전략에 대한 결론을 내렸습니다. UNMMO 비상대책위원회의 제안을 받아들여 저와 블루, 그리고 선발대에 새로 합류한 크림슨은 핑크 하이웨이를 따라 등정하고, 그린과 바이올렛은 위험을 무릅쓰더라도 4,000미터 고지에서부터 정상까지 최단 거리 등정을 은밀히 시도하기로 했습니다.

그린과 바이올렛의 어려운 결단에 많은 부분을 기댄 결정이었지만, 이 전략의 성공 여부와 관계없이 저희와 의장님이 무거운 책임을 져야 하는 상황을 피할 순 없을 겁니다. 그러나.

무한 책임을 전제하지 않는 특별한 권리와 거대한 권한은, 정당성을 지닌 권력과 그렇지 않은 권력을 구분하는 기준이 됩니다. 의장님이 지게 될 책임은 무한 책임 없이 거대 권리와 특별 권한만 휘두르는 파렴치한 국가 정상들과 현 UNMMO 수장의 품격이 가진 차이를 입증하는 훌륭한 사례가 될 것입니다.

P.S. 일부 국가 정상들이 각종 재난·재해 대응 실패 시 즐겨 사용하던, 예하 부서 직원들의 독단적 판단과 결정이라는 꼬리 자르기 전략을 사용하셔도 괜찮습니다. 중요한 일은 아닙니다. 역사는, 그리고 소설은 파렴치한 권력에 관해 쓰는 일을 누락한 적이 없기 때문입니다. 시간문제일 뿐이었습니다. 단 한 번의 예외 없이 말입니다.

[RE]

받는 사람　　UNMMO 안전 및 보안 센터 국장

참조

숨은 참조　　퍼플

화성 180일 차

　보안 센터 국장님께,

　테러 단체가 멕시코만에 있는 우주 탐사 기업 S의 발사 센터에 가한 폭탄 공격이 플랫 원의 천장에도 구멍을 뚫은 것 같은 기분입니다. 선의는 미끄러지기 일쑤인데 적의는 왜 이렇게 정확하게 목표에 도달하는 것일까요?

　해당 테러 단체는 우주 탐사 기업 S의 행태를 화성에 대한 수탈 및 착취로 규정하고, "화성 개발 사업을 중단하지 않을 경우 다음번 공격 대상은 본사", "우주 탐사 사업의 핵심 임원과 직원이 주요 타깃", "준비는 이미 완료" 같은 표현을 쓰며 두 번째 테러 감행을 기정사실화했습니다. 사이버 테러의 가능성도 빼놓을 수 없겠죠.

　테러의 공포는 빛보다 빠르게 퍼집니다. 그러나 공포는 공포로만 끝나지 않습니다. 공포는 분노와 공모합니다. 그리고 분노는 지워지지 않는 흉터처럼 남아 이성을 한계 없

이 마비시킵니다.

이를 잘 보여주는 것이 우주 탐사 기업 S를 지지하는 테러 단체들의 준동입니다. 공격과 보복이 이어지는 피의 악순환은 이성이 붕괴한 자리에서 피어나는 독초입니다.

어린 시절, 순간 정전이 일어나 깜깜해진 지하실이나 방에 혼자 남겨진 경험이 다들 있을 겁니다. 저도 그런 적이 있었죠.

저는 칠흑처럼 어두운 지하실에 우두커니 남겨졌을 때, 두려움에 떨며 저를 사악한 눈빛으로 지켜보고 있을지도 모를 유령을 향해 악을 쓰며 아무렇게나 주먹을 휘둘렀습니다. 그러다 지하실 문에 주먹이 부딪혔습니다

그때 크게 다친 건 저의 검지만이 아니었습니다. 지하실로 황급히 달려온 어머니 역시 어둠 속에서 휘두른 제 주먹에 복부를 맞고 쓰러지셨습니다. 중요한 일은 아닙니다. 어머니가 엄청 짜증을 내셨거든요.

공포와 분노는 피아 식별을 하지 못하게 만듭니다. 그리고 그 자신조차 망가뜨리죠.

과거, 어떤 정책이 테러를 효과적으로 억제할 수 있는지 평가한 연구 결과를 읽은 적이 있습니다. 연구 결론은 강력한 처벌과 보복 공격·공습보다 금속탐지기 설치를 확대하는 것 같은 보안 강화 정책이 더 효과적이라는 것이었습니다.

이와 같은 분노의 잠금장치는 우리를 위해 더욱 필요한 일입니다. 저보다 잘 아시겠지만, UNMMO의 대^對테러 대응 방안 역시 이를 중심으로 이뤄지는 것이 합당하리라 생각합니다.

[RE]

받는 사람　마담 프레지던트

참조

숨은 참조　퍼플

화성 180일 차

　마담 프레지던트께,

　대통령님도 잠 못 드는 밤을 보내고 계시는군요. 저 역시 그렇습니다. 화성 이주 계획이 전 지구적 전쟁으로 이어질 수 있다는 우려가 이처럼 빨리, 그리고 노골적으로 현실화되니 마치 눈을 뜬 채 끔찍한 악몽을 꾸는 듯한 기분입니다.

　현재 상황으로 인한 피해 공간은 지구만이 아닙니다. 테러 단체들의 의도와 상관없이(UNMMO의 활동을 지지한다고 해도) 이들의 폭력적 행위에 따른 지구의 분란은 태생적인 자립의 한계와 더불어 초기 정착민의 어려움마저 겪고 있는 화성인들을 더욱 심한 곤경에 처하게 합니다. 우리는 플랫 원이 지구의 평화 없이 존속할 수 없다는 사실을 시시각각 절감 중입니다.

　인류 절멸이라는 위기 속에서도 자국의 이익을 위해 계

산기를 두드리는 국가 정상들의 행태가 이 악몽의 주요 조각이라는 점을 잘 아시리라 생각합니다. 이렇게 말씀드려 죄송하지만, 제 불면의 원인 중 하나가 대통령님이십니다. 중요한 일은 아닙니다. 약소국의 정상이시라 해악도 고만고만하니까요.

해결책은 전 지구적 차원에서 화성 이주와 사용에 관한 구체적 법안과 새로운 합의를 조속히 끌어내는 것입니다. 그러나 더 나은 해법은(대통령님은 마뜩잖으시겠지만) 지구의 황무지화를 가속하는 국민국가 단위 세계 체제의 실질적 종식을 통해 가치를 통한 연대, 가치를 통한 경쟁으로 세상을 재편하는 것입니다. 그리고.

자유의 오용과 만용에 대한 성찰 역시 빼놓아서는 안 됩니다. 지구의 현재 분란이 보여주는 바는 분명합니다. 새로운 미래는 각 개인과 기업, 각 사회와 국가의 개별적 자유가 잔인하고 무서운 결과로 이어질 수 있음을 직시할 때 펼쳐지리라는 것입니다.

자유는 권리와 구호만이 아닙니다. 독일 출신 철학자 만프레드 리델이 말했듯 자유는 숙고해야 하는 '하나의 문제 Problem'이기도 합니다. 누리기만 할 수도, 반대로 절제만 할 수도 없는 문제적 대상인 것입니다.

우리가 자유만 강조하는 일부 기업가와 권력자를 경계해야 하는 이유 중 하나는 방대한 권한만큼 신중하게 사유하지 않는 그들의 게으름과 이기심 때문입니다. 그러한 자들의 자유는 테러 못지않게 잔인하고 파괴적일 수 있습니다. 다른 사람들뿐만 아니라 그들 자신의 내면에도 말입니다. 자기 자신 자체가 끔찍한 악몽이 되는 순간이 바로 그때입니다.

대통령님의 내면에도 평화가 깃들기를 기원하겠습니다. 평화의 효과는 테러의 공포 이상으로 압도적일 겁니다. 수억만 킬로미터 떨어져 있지만, 화성의 플랫 원과 지구, 대통령님의 내면과 저의 내면은 평화로 단번에 연동될 수 있습니다.

P.S. 전 지구적 과제를 해결하기 위해 최선을 다하다 보면 대통령님의 불면증이 어쩌면 조금 누그러질지도 모르겠군요. 익히 아시겠지만 병에 대한 치료는 장기적 처방을 따르는 것이 최선입니다.

[RE]

받는 사람　　H

참조

숨은 참조　　퍼플

화성 182일 차

　친애하는 H에게,

　올림푸스 몬스 1만 3,300미터 고지에 캠프를 꾸렸어. 우주 탐사 기업 S 소속 대원들은 우리 캠프 왼쪽으로 2.4킬로미터 떨어진 곳에서 휴식을 취하는 중이고.

　저들이 전에 없던 루트를 뚫는 중임을 감안하면 우리보다 실력이 뛰어나다는 점을 부인하기는 어려워. 윤리적 감각을 상회하는 능력을 갖춘 존재는 AI 로봇만으로도 충분한데 말이야.

　밤이면 이쪽의 불빛과 저쪽의 불빛만이 어둠 속에서 희미하게 반짝이며 서로의 안부를 묻고, 안위를 전해. 저들도 최선을 다하고 있겠지. 문득문득 안쓰러운 마음도 들어. 불빛 사이의 거리가 점점 가까워지는 것 같은 기분도 들고. 그러나.

　지금처럼 쉽사리 잠들지 못한 채 저쪽에서 반짝이는 불

181

빛을 바라보고 있노라면 마치 그것이 미사일 타깃처럼 여겨져.

네, 바로 저기예요! 저기로 쏘시면 돼요!

역시, 분노는 숙면에 해로워. 짧은 시간에 깊게 자는 게 무엇보다 중요한 시기인데 말이야.

블라디미르 나보코프는 어린 시절, '게으름'을 주제로 한 에세이 과제에 '백지'를 제출했다고 해. 나보코프의 재치를 빌려 현재 우리가 처한 과제를 풀 수도 있어. 저들보다 몇 미터 더 올라간 후 그때 우리가 밟고 있는 곳을 올림푸스 몬스 정상으로 만드는 거지. 그 위를 미사일로 날려버려서.

이미 눈치챘겠지만, 분노는 이처럼 지능도 퇴화시켜.

받는 사람   UNMMO 비상대책위원회

참조   UNMMO 안전 및 보안 센터 국장, UNMMO 비상훈련 팀장

숨은 참조   퍼플

화성 183일 차

비상대책 위원님들께,

저들이 우리를 앞서 나가고 있습니다. 두 시간 전에는 300미터까지 벌어졌지만 지금은 200미터 정도의 간격을 유지하는 중입니다.

따라잡으려 계속 노력하겠지만, 저들이 1만 6,700미터 고지에서부터 핑크 하이웨이를 오차 없이 따라 오르기 시작했다는 점이 제일 큰 난관입니다. 루트 관련 정보를 입수한 것일까요? 저쪽도 이 일에 사활을 걸었다는 점은 분명해 보입니다.

우리 쪽과 저쪽 사이의 횡적 간격이 점점 좁혀지고 있던 것을 가벼이 여긴 제 잘못도 있습니다. 핑크 하이웨이를 따라 오르려는 의도였음을 눈치채지 못했던 겁니다. 그러나.

올림푸스 몬스의 요정이 우리를 완전히 저버린 것은 아닙니다. 그린과 바이올렛이 저들보다 150미터 이상 앞서고 있습니다.

[RE]

받는 사람   UNMMO 아시아 사무소 소장

참조

숨은 참조

화성 185일 차

소장님께,

그린과 바이올렛이 운행하던 에아가 올림푸스 몬스 정상을 560미터 남겨둔 2만 1,300미터 고지에서 전복된 것에 대한 책임에서 저희 역시 자유롭지 않습니다. 소장님 말씀처럼 두 사람 모두 크게 다친 곳은 없다 해도 저희가 그들의 위험천만한 등반에 동의한 사실에는 변함이 없습니다. 영하 60도를 가뿐히 넘나드는 추위와 밤새도록 불어대는 먼지 폭풍의 거센 소리가 마치 저희를 꾸짖고 벌하는 듯한 기분입니다.

그린과 바이올렛은 에아를 버려둔 채 계속 등반하기를 고집했지만, UNMMO 비상대책위원회는 처음 결정을 뒤집고 이에 반대했습니다. 두 사람을 잃는 일보다 나쁜 결과는 없다는 것이었습니다. 저희 역시 잘못된 판단을 바로잡을 기회가 주어진 것으로 생각하고 있습니다. 그린과 바이올렛은 후발대에 합류할 예정입니다.

핑크 하이웨이는 2만 1,200미터 지점이 마지막입니다(양쪽 모두 등반 속도가 저기서부터 눈에 띄게 느려질 수밖에 없습니다). 저쪽은 현재 2만 1,600미터 고지를 점하는 중입니다. 경사도가 점점 급해지고 있기 때문에 등반 속도는 더 느려지겠죠. 실패를 단정하기엔 아직 이릅니다.

UNMMO 자문위원회 이사가 올림푸스 몬스 등정 루트에 관한 정보를 우주 탐사 기업 S에게 넘긴 것이 사실이라면, UNMMO의 조직 재구성과 화성 이주 계획에 대한 전면적인 재검토가 필요할 겁니다.

가진 실력과 재능만큼 윤리적 감각이 대체로 따라주지 않는 현실은 저 중 어느 것이 더 특별하고 소중한 능력인지 보여주는 근거가 되기도 합니다. 멍청한 사람이 똑똑한 사람이 되는 데는 주변 환경과 인력人力이 중요하지만, 나쁜 놈이 착한 놈이 되는 데는 신력神力이 필요합니다.

현재 저에게 필요한 것은 신력입니다. 저는 저들의 실수를 바라는(실수가 곧 생명을 위태롭게 할 수 있음에도 말입니다) 불경스러운 밤을 보내고 있습니다. 역시 저는 안 될 사람인가 봅니다.

받는 사람　UNMMO 의장

참조　UNMMO 아시아 사무소 소장, UNMMO 미주 사무소 소장

숨은 참조

화성 186일 차

의장님께,

저들은 올림푸스 몬스 정상을 150미터 앞에 두고서 먼지 폭풍이 잠잠해지기를 기다리고 있습니다. 올림푸스 몬스 정상은 물론 몇 미터 앞도 보이지 않을 만큼 시야가 어두운 상황입니다. 저들을 추월할 수 있는 유일한 기회이지만 우리 역시 먼지 폭풍으로 인해 발이 묶여 있을 수밖에 없는 상황입니다.

조만간 먼지 폭풍은 멎겠지만, 저들이 우리보다 먼저 올림푸스 몬스 정상에 오르게 되리라는 점에는 변화가 없을 듯합니다. 죄송합니다. 향후 대응 방안을 준비해주시길 부탁드립니다.

[RE]
받는 사람　퍼플
참조
숨은 참조

화성 187일 차

　퍼플에게,

　그때의 상황을 어떻게 설명해야 할까요? 지금도 얼떨떨함이 가시질 않아요. 내가 그 장면을 목격했다는 사실은, 내 지각이 아니라 그것을 함께 본 사람들의 판단에 더 많이 기대고 있어요. 다른 사람들 역시 나와 비슷한 입장일 거예요. 직접 보고도 믿기 어려운 광경이었으니까.

　거센 먼지 폭풍이 마침내 잠잠해지자 100여 미터 앞에 놓인 올림푸스 몬스 정상이 시야에 들어왔어요. 먼지 폭풍에 깎이고 깎인 올림푸스 몬스 정상은 마치 이런 모습을 하고 있어요. 꽃줄기처럼 가는 대와 우산처럼 넓은 갓을 지닌 거대한 버섯.

　그러다 순간, 화려한 섬광이 번뜩하고 나타났어요. 우리는 겁먹을 수밖에 없었어요. 그때의 핑크처럼 흔적도 없이 사라질지 모른다는 두려움 때문이었죠.

우리는 원래의 자리에, 원래의 모습으로 여전히 존재하고 있다는 것을 확인한 이후에야 놀란 가슴을 진정시킬 수 있었어요. 그러나 곧 다시 눈을 크게 뜨고 깜빡여야만 했어요. 우주 탐사 기업 S 소속 대원들도 뜨악하기는 마찬가지였어요. 정상에서 우리를 내려다보는 존재가 있었기 때문이에요. 그리고 정상 바로 아래에는 핑크가 타고 나갔던 예아가 멀쩡한 모습으로 놓여 있었죠.

　우리는 예아와 정상을 바라보며 할 말을 찾기 위해 노력해야 했어요. 그러나 끝내 찾지 못했죠. 우리는 입을 꾹 다문 채 올림푸스 몬스 정상을 향해 주춤주춤 다가갔어요. 그리고 곧 멈춰 서서 예아의 문을 조심스럽게 열었어요. 안에는 아무도 없었어요. 핑크도 외계인도. 우리는 턱을 치켜들고 머리 위를 올려다보았어요.

　올림푸스 몬스 정상에서 우리를 내려다보고 있는 존재는 생명체가 아니라 흰색 깃발이었어요. 그 외에는 아무것도 없었어요. 초신성처럼 장엄한 빛과 에너지를 내뿜고 있었더라도 이상하지 않았겠지만, 정상 중앙에 비스듬히 꽂힌 깃발은 여느 조기 축구회의 그것처럼 작고 소박했어요.

　잠시 후, 잠잠하던 바람이 다시 불어오자 깃발이 부드럽게 펄럭이며 웅크리고 있던 가슴을 펼치기 시작했어요. 이윽고 깃발의 정체가 선명하게 드러났죠.

　붉은빛의 화성, 판다, 그리고 휠체어……

깃발 중앙에는 화성을 축구공처럼 안은 채 휠체어에 앉아 있는 판다의 모습이 그려져 있어요. 어느 하나 범상치 않았지만, 그중에서도 내가 제일 의아해한 것은 휠체어 바퀴에 부착된 스포크가드였어요.

세상에서 가장 멀리 날고, 가장 높이 나는 새인 알바트로스가 그려진 그 스포크가드는 내가 오래전부터 익히 알고 보아왔던 것이었어요.

올림푸스 몬스 정상을 제일 처음으로 정복한 존재는 도대체 누구였을까요?

핑크?

판다를 닮은 외계인?

아마추어 축구 선수였던 아버지?

제품 홍보를 위해 행성까지 횡단한 휠체어 및 스포크가드 제작 업체?(농담할 기운은 조금 남아 있어요.)

중요한 일은 아니에요. 언젠가 마르셀 프루스트는 귀스타브 플로베르의 소설을 평하며 이런 말을 했어요. 은유만이 문체에 일종의 영원성을 부여한다고. 이렇게 바꿔 말할 수도 있어요. 은유만이 세상을 영속시킨다고. 보다 아름답고, 보다 풍요롭게.

저는 그 깃발이 마치 우리를 지금과는 다른 세계로 이끄는 소설처럼 느껴졌어요. 절망 가득한 현실에서 한 줌의 희망을 말하는 소설, 끝난 곳에서 새로운 시작을 말하는 소설, 화살처럼 우리의 가슴에 꽂혀 전에 없던 새살을 싹 틔우는 소설…….

우리와 저들은 읽고 있던 소설 다음 페이지에 무슨 사건이 일어날지 기대하는 독자의 심정으로 바람에 펄럭이는 깃발을 주시했어요. 나는 번개 같은 섬광이 다시 번쩍하고 나타날 것 같은 예감이 들었어요. 그러나 우리를 마중 나온 것은 좀 전보다 더 거세진 먼지 폭풍이었어요.

올림푸스 몬스 아래로 먼저 발길을 돌린 쪽은 저들이었어요. 정상에 올라 저 깃발을 뽑고 꺾을 방법이 현재로서는 없다고 판단했던 거죠. 우리 역시 동의하는 부분이었어요. 우리는 저들을 천천히 뒤따랐어요.

우리와 저들은 핑크 하이웨이를 따라 대열을 이뤄 올림푸스 몬스를 내려갔어요. 남극을 오가는 황제펭귄들처럼, 화려한 별빛이 내려앉은 화성의 차갑고 메마른 대지를 향해 뒤뚱거리면서 걸어갔죠.

그때, 불현듯 우리 아이의 이름이 떠올랐어요. 이것보다 의미 있는 이름은 없을 것 같았죠.

P.S. 내가 떠올린 이름이 궁금하죠? 맞춰봐요.

[RE]

받는 사람　UNMMO 의장

참조　UNMMO 아시아 사무소 소장

숨은 참조

화성 194일 차

의장님께,

화성은 지구의 식민지가 아니다.

지구의 민낯은 화성보다도 황폐하다. 주요 강대국과 다국적 기업들은 식민지배와 구조적 차별을 당했던 사람들의 기나긴 아픔과 수모, 현재까지도 이어지는 착취에 책임 있는 태도를 보여주지 않았다. 또다시 그들에게 결정권이 주어져서는 안 된다.

UNMMO는 화성에서 지구와 같은 실수, 지구와 같은 실패를 반복하지 않을 것이다.

화성의 구획과 경계와 구분은 생존 가능 지역과 생존 불

191

가능 지역, 이 두 가지밖에 존재하지 않는다. UNMMO는 국가, 인종, 민족, 종교 등을 비롯한 모든 구획과 경계와 구분을 용인하지 않을 것이다.

우리는 화성에 가장 아름다운 모습의 지구를 실현하고자 한다.

일부만 발췌했지만 의장님께서 직접 썼다고는 도저히 믿어지지 않는 결연함과 아름다움이 담긴 연설문이었습니다. 정말 직접 쓰신 게 맞나요? 어디서 들어본 듯한 말도 있는 것 같아서요……. 중요한 일은 아니에요. 지금부터 다시 시작이라는 것이 중요하겠죠.

받는 사람　　[내게 쓰기]
참조
숨은 참조

화성 200일 차

　우주 비행 센터에서 훈련할 때 즐겨 듣던 한 밴드의 노래가 있었다. 그 밴드는 자동차로도, 우주선으로도, 그 무엇으로도 갈 수 없는 곳, "빛이 꺼지고 꿈이 시작되는 그 사이"를 안다고 노래했다. 나도 그런 곳을 알고 있다고 생각했다.

　화성.

　화성은 그때까지 인류에게 허락되지 않은 장소였으니까.

　그러나 이곳에 도착하고 200일이 지난 지금, 이 노래를 다시 들으며 생각한다.

　우리가 가려 하는 화성은,

　우리가 염원하는 화성은,

　자동차, 비행기, 잠수함, 배, 그리고 우주선으로도 여전히 갈 수 없는 곳이라고.

　우리가 살고 싶은 화성은 꿈꾸는 마음으로만 갈 수 있는 곳이라고.

그게 아니라면 우리는 화성보다 먼 행성에 닿더라도 영원히 지구를 벗어나지 못할 것이라고.

3차 선발 대원 면접 과정에서 퍼플은 말했다.

화성에 지구의 현재 사회를 그대로 옮겨 심는 것이 목적이라면 안 가느니만 못하다고. 나쁜 것이 두 개로 늘어나는 것에 불과하다고.

신체 건강하고, 부유하고, 부족함이 없는 사람들이 화성에 가는 것이라면 안 가느니만 못하다고. 좋은 것을 두 개나 차지하는 것이기 때문이라고.

화성에는 지구와 다른 사회를 만들기 위해 판다처럼 내몰린 존재, 무해한 존재, 그리고 귀여운 존재들이 가야 한다고.

자신은 환경 파괴로 초원에서 내몰렸다고, 그리고 유해한 면이 없진 않지만 그걸 상쇄할 만큼 자신은 충분히 귀엽다고.

내몰리고, 완전히 무해하진 않지만 충분히 귀여운 그 사람이 지금 내 옆에 잠들어 있다.

작가의 말

인류는 화성에 어떻게든 갈 것이다.

그러나, 그레이의 말투를 빌려 말하면,

그게 제일 중요한 일은 아니다.

이 소설은 더 중요한 것은 무엇인지를 고심하며

화성인 그레이와 주고받은 편지나 다름없다.

사람마다 생각하는 바가 다를 것이다.

화성에 왜 가야 하는지,

화성에 누가 가야 하는지,

그리고 화성에서의 삶은 어떠해야 하는지에 대한

자신의 생각을 전하고 싶은 분들은

그레이에게 편지를 써보시길(Martion.Gray@gmail.com).

주

13쪽 우리 인생의 진정한… 『리스본행 야간열차』, 파스칼 메르시어 지음, 전은경 옮김, 들녘, 2019, 116쪽

13쪽 삶에는 우리가 전혀… 『시대의 소음』, 줄리언 반스 지음, 송은주 옮김, 다산책방, 2017, 22쪽.

16쪽 기억의 행성 『기억의 행성』, 조용미 지음, 문학과지성사, 2011.

27쪽 화성에 생명체가 존재한다면 화성에… 『코스모스』, 칼 세이건 지음, 홍승수 옮김, 사이언스북스, 2017, 269쪽.

32쪽 사람들의 어리석음은… 『왜 쓰는가』, 필립 로스 지음, 정영목 옮김, 문학동네, 2023, 445쪽.

57쪽 희열의 가시 속에서… 노발리스의 시 「저 너머로 건너가련다」 중에서. 『모든 이별에 앞서가라: 독일 대표 시선』, 임홍배 옮김, 창비, 2023.

91쪽 적은 제거해야 하는… 『밤의 경비원』, 루이스 어드리크 지음, 이지예 옮김, 프시케의숲, 2023, 358쪽.

108쪽 전쟁의 가장 끔찍한… 『카탈로니아 찬가』, 조지 오웰 지음, 정영목 옮김, 민음사, 2022, 97쪽.

121쪽 영원히 지속되는 현재… 『첫 사랑 마지막 의식』, 이언 매큐언 지음, 박경희 옮김, 한겨레출판, 2018, 13쪽.

131쪽 고전 오페라 작곡가로… 『위대한 한 스푼』, 제임스 설터·케이 설터 지음, 권은정 옮김, 문예당, 2010, 62쪽.

132쪽 영국의 리처드 1세는… 위의 책, 88쪽.

133쪽 노벨문학상을 수상한 작가들인… 위의 책, 136쪽.

145쪽 지난 11개월 동안… 『정원가의 열두 달』, 카렐 차페크 지음, 배경린 옮김, 조혜령 감수, 펜연필독약, 2021, 187~188쪽.

145쪽 숲에는 오래된 열쇠들이… 「물에 비친 나무는 깨지기 쉽습니다」, 『빛의 자격을 얻어』, 이혜미 지음, 문학과지성사, 2021.

159쪽 세상이 미쳤거나 아니면… 『알베르 카뮈와 르네 샤르의 편지』, 알베르 카뮈·르네 샤르 지음, 백선희 옮김, 마음의숲, 126쪽.

162쪽 우리가 아주 중요한… 『스파이의 유산』, 존 르카레 지음, 김승욱 옮김, 열린책들, 2020, 26쪽.

193쪽 빛이 꺼지고 꿈이… 캐나다 몬트리올 출신의 록 밴드 아케이드 파이어의 곡 〈노 카스 고^{No Cars Go}〉 중.

화성의 판다

1판 1쇄 펴냄 2025년 6월 11일

지은이   김기창
편 집   안민재
디자인   룩앳미
인쇄·제책   아트인

펴낸곳   프시케의숲
펴낸이   성기승
출판등록   2017년 4월 5일 제406-2017-000043호
주 소   (우)10885, 경기도 파주시 책향기로 371, 상가 204호
전 화   070-7574-3736
팩 스   0303-3444-3736
이메일   pfbooks@pfbooks.co.kr
SNS   @PsycheForest

ISBN   979-11-89336-84-4   03810

책값은 뒤표지에 표시되어 있습니다.